AF298040

VOLTAIRE

DE RETOUR

DES OMBRES.

VOLTAIRE

DE RETOUR

VOLTAIRE

DE RETOUR

DES OMBRES,

Et sur le point d'y retourner pour n'en plus revenir.

A TOUS CEUX

QU'IL A TROMPÉS.

Ergo erravimus & errare fecimus.

A PARIS,

Et se trouve

A LIEGE, chez J. F. BASSOMPIERRE, Libraire & Imprimeur.

A BRUXELLES, chez J. VAN DEN BERGHEN, Libraire & Imprimeur.

M. DCC. LXXVI.

ÉPITRE

DE MONSIEUR

DE VOLTAIRE

AUX

PARISIENS,

POUR SERVIR DE SUITE

A SON RETOUR

DES OMBRES.

A PARIS.

M. DCC. LXXVI.

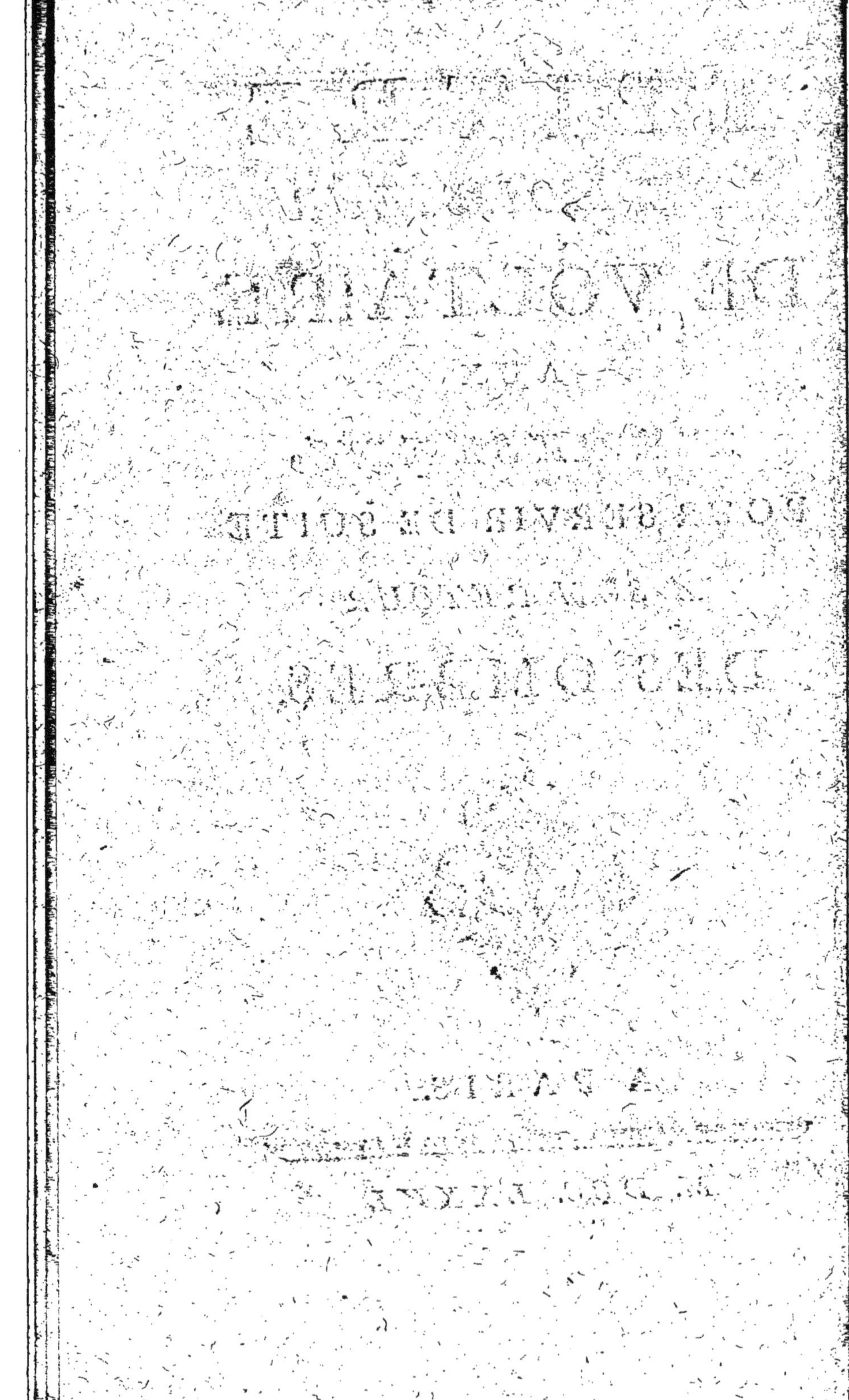

ÉPITRE

DE

MONSIEUR

DE VOLTAIRE

AUX PARISIENS.

AIMABLES Habitans des rives de la Seine,
Daignez lire ces vers, dernier fruit de ma veine.
Puissent-ils, du séjour de tous nos beaux esprits,
Voler aux autres lieux charmés de mes écrits !
Je finirai en paix ma trop longue carriere.
  Quel changement dans l'homme à son heure derniere!
Qu'il se trouve isolé ! plaisirs, trésors, grandeurs,
Tout fuit de ses regards, hors les folles erreurs ;
Ils ont fuit loin des miens : c'est fait ; le voile tombe.
L'œil levé vers les cieux & le pied dans la tombe,
Je vois en ce moment l'auguste vérité,
Répandre autour de moi sa plus vive clarté.
De la raison sévere elle est accompagnée ;
Cette raison, par moi si long-tems dédaignée,

Plus puissante aujourd'hui, tonne au fond de mon cœur,
Le remords, l'avenir le glacent de terreur.

Peuples que j'ai séduits par d'aimables chimeres,
Hâtez-vous de rentrer dans la Loi de nos Peres.
Poussé par le délire, & d'orgueil enivré,
J'osai braver le Dieu sur la terre adoré.
On me vit enfanter de monstrueux systêmes,
Contre son culte saint vomir d'affreux blasphêmes :
Trop habile dans l'art des lâches imposteurs,
J'osai calomnier ses zélés défenseurs,
Et sur des jolis riens forgeant des contes fades,
Les ridiculiser par des turlupinades.
Honneur, talent, vertu, rien ne me fut sacré :
Je voulais tout changer ; je voulais qu'à mon gré,
Le vrai dans les esprits devînt problématique,
Et la Religion un être chimérique :
Je voulais, le forçant à penser comme moi,
Courber le genre-humain sous le joug de ma loi.
Je peignai les horreurs du cruel fanatisme ;
Et mes plus vifs élans tendaient au despotisme.
Feignant de l'éclairer, je trompai l'univers :
En criant liberté, je présentais des fers.
Mais je couvrai de fleurs ces funestes entraves,
Dont je fus accabler quelques foibles esclaves.
Dans un cercle d'erreurs, j'étais moins libre qu'eux :
Je suivais à tâtons un sentier ténébreux.
Mortel, voilà ton sort, quand ton orgueil extrême
Dédaigne, pour flambeau, la vérité suprême.

Je l'ai dit (eh ! qui peut vouloir même en douter !)
Si Dieu n'existait pas, il faudrait l'inventer :
C'est ce Dieu, dont la voix enfante des miracles,
Qui, parmi les éclairs, révéla ses oracles ;

Qui des Prophetes faints conduifant les pinceaux,
De fon feu créateur anima leurs tableaux.
Son Fils, la vive image & la fplendeur du Pere,
Sous les voiles obfcurs de l'humaine mifere,
Vint lui-même enchaîner le démon de l'erreur,
Et l'homme dans fon Dieu vit fon Libérateur.
Que fa morale eft pure & fes dogmes fublimes!
Il voulut expirer victime de nos crimes,
Et remit à *Cephas* fes loix & fon pouvoir.
Adorons & croyons, voilà notre devoir.

D'un abfurde fyftéme hardis apologiftes,
Moraliftes pervers & pointilleux fophiftes!
Quels biens ont procurés vos dogmes infenfés?
Vos ardens zélateurs font-ils plus empreffés
A fuir des vains plaifirs, la fatigante ivreffe,
Pour vivre fous les loix de l'auftere fageffe?
Ce *Midas*, devenu fenfible & généreux,
Ceffe-t-il d'engraiffer tant de Laquais pompeux,
De nourrir à grands fraix fon oifive exiftence,
Et donne-t-il du pain à la trifte indigence?
Lis, lis, dans tes refus, cœur de marbre obftiné,
Ton arrêt flétriffant fur fon front décharné;
L'époux met-il un frein à fon caprice infâme,
Pour chérir les doux nœuds d'une pudique flamme?
Voit-on un moindre effaim d'impudentes *Laïs*,
De malignes vapeurs infecter tout Paris,
Et dans des chars légers, brillans d'or & de glace,
Sous le poids des rubis étaler leur audace?
La fubtile chicane à l'infernale voix,
Ne hurle-t-elle plus dans le Temple des Loix?
Nos héros réveillés font-ils, par leur courage,
Des *Crillons*, des *Bayards*, revivre l'heureux âge?

Ah! je vois ces guerriers, de débauche perdus,
S'abreuver à longs traits du poison de Vénus!
Avons-nous émoussé le glaive de la guerre?
L'intérêt n'est-il plus l'idole de la terre?
En un mot, la vertu voit-elle les mortels
De leur encens plus pur honorer ses Autels?
Tout retentit du nom de la philosophie :
Le vulgaire, le grand par-tout nous déifie;
Et par-tout un vain luxe & le vice effronté,
Etendent leur ravage avec impunité.
Dans nos brillans écrits le mauvais goût domine,
Et des arts chancelans, vient hâter la ruine.
Hélas! tout se corrompt; beaux jours de l'univers,
O bonheur général tant promis dans nos vers,
Age d'or si vanté, vous n'étiéz plus qu'un songe,
Que le délire enfante & que suit le mensonge!
   Chers amis! que l'aveu de toutes mes erreurs,
Eclaire vos esprits & corrige vos cœurs.
On ne le sait que trop : ma muse frénétique,
Sur le Pinde, affecta l'empire despotique.
Vous la vîtes toujours, sur de foibles garans,
Dans le (*Temple du goût*) distribuer les rangs.
Elle osa pénétrer jusques au Sanctuaire;
Elle osa profaner, d'une main téméraire,
Du peintre de *Burrus* les lauriers immortels;
Du pere du théâtre ébranler les autels,
Contester le génie au maître de la Lyre,
A l'*Esope* Français, l'art d'inventer, d'écrire;
Refuser en un mot à l'Auteur du *Latin*
Le titre glorieux de Poëte divin.
   Malheur au cœur rongé des serpens de l'envie!
Peut-il jamais s'ouvrir aux douceurs de la vie?

Tous ses jours sont marqués par des tourmens nouveaux:
La splendeur des talens, le succès des rivaux,
Sont un poids qui l'accable, un fer qui le déchire;
Il fait son aliment du fiel de la satyre.
Hélas! ce monstre étique, au teint blême, à l'œil creux,
Dont la bouche vomit un suc si vénimeux,
Décocha tous ses traits, par ma main égarée,
Sur l'Auteur de *Didon*, sur le père d'*Atrée*,
Lui qui, par les ressorts d'une sombre terreur,
A l'aide d'un pinceau mâle & plein de vigueur,
Eut la gloire d'ouvrir une route nouvelle:
Pompignan, qui choisit *Racine* pour modele,
Se montra parmi nous son plus digne rival,
Et qui peut-être un jour eût marché son égal,
Si sa muse eût suivi la carriere tragique.
Il dirigea son vol au Parnasse lyrique:
Assis près des Autels de la noble *Erato*,
Il pince quelquefois sa lyre avec *Rousseau*.
Je voulais usurper le sceptre de la scene;
Et je défigurai les traits de Melpomene:
L'intrigue, l'intérêt, le vrai, le sentiment
Furent tous éclipsés sous ce faste imposant
De marches, de combats, d'éclairs épouvantables,
De bûchers, d'échafauds, & d'ombres lamentables.
La nouveauté, la pompe, un voile ingénieux;
Enfin, le coloris fascinerent les yeux:
Le bon goût disparut; j'emportai les suffrages,
On m'enivra d'encens. Ces lauriers, ces hommages,
Je te les dois, *le Kain*, il faut en convenir:
Mes enfans sans vigueur avec toi vont mourir.
Oui, je sens redoubler ma vive inquiétude...
Mais quoi! l'on m'applaudit...C'est un mal d'habitude.

Vous vous en guérirez, Public trop indulgent,
Le charme va cesser, & le Juge m'attend.
Cette postérité que je crains, que j'implore,
Voudra-t-elle épargner l'amante de *Zamore* ?
Et toi, cher *Mahomet*, dans ce commun malheur,
Peux-tu nourrir l'espoir de survivre à ta sœur ?
Ah ! qu'au moins un enfant du chantre d'Henri Quatre,
Eternise mon Nom aux fastes du théâtre.

Des faits de ce grand Roi le récit trop vanté
Est-il marqué du sceau de l'immortalité ?
Non : le plus doux pinceau, la plus tendre harmonie
Ne peuvent suppléer aux élans du génie.
Il faut être animé de plus nobles transports,
Du champ des fictions déployer les trésors ;
Varier les couleurs, jetter d'ardentes flammes,
Enchanter, attendrir & maîtriser les ames :
Et moi, par de vains sons, loin de sapper le cœur,
Je fatigue l'oreille, & j'endors le lecteur.

Las de courir en vain dans la carriere épique,
Je marchai vers ton Temple, agréable physique.
Tu n'y reçus jamais l'esprit étincelant,
Ennemi déclaré du profond jugement :
J'y voulais, m'efforçant de porter la lumiere
Dans le sein ténébreux de la nature entiere,
Arracher quelques fleurs du tombeau des *Newtons*.
Je courus sans flambeau loin de ses régions :
Tel un coursier sans frein s'élançant dans les plaines,
Suit par sauts & par bonds des routes incertaines.
Muse, dont le crayon grave au faste des ans
Les plaisirs, les vertus, les exploits éclatans,
Et des fils d'Apollon les pompeuses merveilles,
J'osai te consacrer mes travaux & mes veilles.

Mais je te vois fouler, l'œil ardent de fureur,
Ces écrits où montrant, sous un style enchanteur,
Le frivole talent de plaire & de séduire,
Je trahis mon devoir d'éclairer & d'instruire;
Où dans un jour obscur, s'offre la vérité;
Où, plus souvent encor, le mensonge effronté,
En cortege nombreux, paroît sans se contraindre;
Où mon pinceau badin se plaît toujours à peindre
Sous de pâles couleurs la vertu dans les fers,
Le vice triomphant aux yeux de l'univers;
Enfin ces gros recueils pleins d'objets fantastiques,
Où jaloux d'ébranler tes monumens antiques,
Je voulais élever, près de la fiction,
Le trône de l'erreur, & de l'illusion.

    Ah! quel bonheur pour moi si ma muse légere
N'eût jamais démenti son air, son caractere!
Elle efface en attraits la muse de *Chaulieux*;
Son teint est plus vermeil, son front plus gracieux:
Libre, douce, ingénue, elle est vive & brillante,
Quelquefois négligée, & toujours séduisante.
On la voit à son gré voltiger sur les fleurs:
Elle seme par-tout les plus fraîches couleurs,
La nature, l'esprit, s'énoncent par sa bouche,
Et sa main embellit les objets qu'elle touche,
Que n'a-t-elle toujours dans ses yeux innocens
De la pudeur modeste exprimé les accens!
La gloire qui sur moi plana dès mon aurore,
Sur mes cheveux blanchis, reposerait encore.
Mais au mépris du goût, des mœurs, de la raison,
Cette muse trempa ses traits dans le poison;
Fit jouer ses ressorts dans l'épaisseur de l'ombre;
Et du fond empesté de la caverne sombre,

Sans respecter les loix de la terre & du Ciel,
Vomit sur la vertu de longs torrens de fiel;
Osa préconiser dans sa folle arrogance,
L'amour seul du plaisir & de l'indépendance;
Et pour mettre le comble à toutes ses noirceurs,
Outragea le mérite & flétrit les Auteurs.
Périssez à jamais, fruit d'un mauvais génie,
Périssez dans l'opprobre & dans l'ignominie.
Nos neveux, ennemis du vrai beau, du bon sens,
Pourroient-ils admirer ces tableaux indécens,
Et lire ces ramas d'invectives affreuses,
De la malice humaine archives ténébreuses?
Non : l'insecte rampant, dans les plaines de l'air,
Etoufferait plutôt l'oiseau de Jupiter.
Jugeons mieux, jugeons mieux, de la race future,
De l'honnête & du vrai l'image toujours pure,
Seule pourra charmer les yeux de l'avenir.
Muse, tes monumens vont tous s'anéantir.
Ces sarcasmes grossiers, ce langage de halles,
Ces libelles dictés par les haines rivales,
Les vers licencieux, avant la fin du jour,
Vont dans la nuit des tems s'abymer sans retour.
     O mânes précieux des Héros du Parnasse,
Vous que n'épargna point ma criminelle audace,
Souffrez qu'en ces momens pour réparer l'affront,
Le remords dans le cœur, la honte sur le front,
Je pénetre, en tremblant, ces voûtes lumineuses,
Que je couvre de fleurs vos tombes glorieuses.
Rousseau, que l'imposture inonda de poison;
Sublime *Maupertuis*; immortel *Crebillon*,
Toi, qu'on vit jusqu'au bout de ta noble carriere,
Opposer aux *Cottins* une forte barriere,

Des loix de la raison intrépide vengeur;
Freron critique habile & terrible cenfeur:
Vous tous que j'outrageai, vrais favans & vrais fages,
Recevez mes regrets, recevez mes hommages.
Et vous qui leur offrez un légitime encens,
Des regles du bon goût obfervateurs conftans,
Qui fur les bords fleuris, cultivés par les graces,
De ces illuftres morts ofez fuivre les traces;
Et repouffez fans ceffe un grouppe audacieux
D'Ecrivains affublés d'un jargon précieux.
Vous tous qui combattez ce malheureux fyftême,
Défefpérant pour l'homme, indigne de Dieu même,
Pourfuivez, achevez un ouvrage fi beau,
Et des Arts prefqu'éteints rallumez le flambeau.
Vous m'avez démafqué : vous avez dû le faire ;
Et moi je dois fans doute applaudir & me taire.
Mais quoi! pardonnerai-je aux yeux du monde entier,
Au rigoureux *Clément*, au hardi *Sabbatier*,
Eux qui fans nul égard, ont flétri ma couronne !
Il le faut : mon repos, l'honneur, tout me l'ordonne.
Craindrai-je d'imprimer une tache à mon nom,
Pour avoir écouté la voix de la raifon!
Ils n'ont dit que le vrai : quel ferait donc leur crime!
Amour-propre, tais-toi : je leur dois mon eftime.
   Ferme appui des autels, vénérable Pafteur. (*)
Juftement furnommé le Fléau de l'erreur,
Hélas! en m'écartant des vérités facrées,
Je n'ai que trop fuivi des routes égarées.
J'ouvre aujourd'hui les yeux aux rayons de la Foi ;

(*) Mr. l'Archevêque de Paris.

Je me soumets au joug de la divine Loi ;
Et tout baigné des pleurs d'un repentir sincere,
Je veux mourir au sein de notre auguste Mere.
　Adieu, Peuple charmant. Que je serais heureux,
Si vous daignez combler le plus cher de mes vœux !
Déchirez le bandeau, reprenez vos suffrages,
Renversez ma statue, & brûlez mes Ouvrages.

FIN.

AVERTISSEMENT

DE L'ÉDITEUR.

L'AUTEUR de l'*Année Litté-raire*, feu M. *Freron*, sembloit avoir deviné à coup sûr, en 1775, l'événement singulier qui fait l'objet de cet Ouvrage. C'est au N°. 30 que l'habile Journaliste donna le portrait de *Juste Lipse*, qui fut le plus bel esprit de son temps, & tour-à-tour Catholique, Luthérien, Calviniste, indifférent en fait de Religion, & enfin Catholique pénitent & zélé aux approches du tombeau. *S'il existe* parmi nous, ajoutoit M. *Freron* dans une espece de pressentiment prophétique, *un Auteur qu'on puisse lui comparer pour l'esprit, pour l'avidité de la gloire, pour les plagiats, pour la liberté de penser en matiere de Reli-gion,* &c. je ne serois pas étonné qu'il lui ressemblât encore à la fin de ses jours, par un repentir sincere de ses fautes & de ses erreurs. On peut s'attendre à tout d'un homme à imagination ; & si l'on venoit me dire qu'un tel homme, malgré ses blasphêmes contre la Religion, ses diatribes contre le Clergé, ses invectives contre les Moines, est mort entre deux Capucins, ce dénouement d'une longue vie tragi-comique me paroîtroit simple & naturel.

Personne ne s'y méprend ; on reconnoît au premier coup d'œil le portrait de M. *de Voltaire* dans celui de *Juste Lipse*. Ce qui étonne sans doute, c'est que le Peintre ait encore été Prophete, en prédisant le 24 Novembre 1775, un événement aussi extraordinaire & aussi inattendu, que la conversion de M. *de Voltaire*, qui n'est arrivée que vers le milieu de l'année 1776, & qui a été le fruit précieux de son voyage dans le pays des Ombres.

C'eſt donc le récit fidele de ce voyage même que l'on trouvera ici, tel que l'a raconté l'illuſtre Voyageur, à l'un de ſes plus chers confidens, témoin oculaire, auriculaire, & ſecrétaire, tant des faits rapportés, que des ſentimens de douleur & de pénitence qui en accompagnoient le récit.

Ce récit, au reſte, qui eſt de la propre bouche du Pénitent voyageur, ſe trouve parfaitement conforme à celui contenu dans l'Ouvrage qui a pour titre : *Voltaire parmi les Ombres.* La différence qu'il y a entre ces deux pieces, ne roule donc pas ſur les faits ; elle conſiſte uniquement dans les trois points ſuivans.

1°. C'eſt un Hiſtorien étranger qui narre dans la premiere piece ; & c'eſt M. *de Voltaire* lui-même qui parle dans la ſeconde.

2°. Le récit des entretiens de M. *de Voltaire* avec les Ombres qu'il a viſitées, eſt plus long dans

la premiere piece que dans la seconde, où l'illustre Voyageur ne
fait que raconter laconiquement
les discours & les avis des Manes
qu'on lui permit de voir dans le
cours de son voyage.

3°. La seconde piece renferme
exclusivement à la premiere, les
réflexions & les sentimens de pénitence de M. *de Voltaire*. C'est
ce qui en fait l'objet capital, essen-
tiel & vraiment intéressant pour
tous les Lecteurs, qui ne pourront
manquer d'être convaincus des
raisons qui ont contribué à la conversion de M. *de Voltaire*, & pé-
nétrés des grands sentimens de
pénitence qu'il fait paroître en ra-
contant lui-même l'histoire pi-
quante de son voyage parmi les
Ombres. C'est tout le but que nous
nous proposons en la rendant publique, non sans un espoir aussi
flatteur que bien fondé du succès
le plus heureux. Eh! pourquoi ne
nous seroit-il pas permis d'espérer

que l'histoire édifiante d'un événement aussi touchant, fera de vives impressions sur ceux qui la liront ? Est-ce que l'exemple d'un fameux Pénitent abattu sous le poids formidable de la justice divine, auroit moins d'empire sur les cœurs, pour les remuer salutairement, que m'en eut autrefois sa plume impie pour les corrompre, en faisant de ceux qui le lisoient témérairement, autant de sacrileges adorateurs humblement prosternés à ses pieds ? Pourroit-on le voir, sans émotion, immoler généreusement aux droits de la vérité, l'espece de honte qui accompagne une rétractation solemnelle, qui coûte tant à l'amour-propre ordinaire des hommes, mais beaucoup plus encore à la morgue des Philosophes ? Non ; point de cœur assez dur pour tenir contre l'histoire attendrissante de M. *de Voltaire*, racontée par lui-même ! de M. *de Voltaire*, ce

Héros de la Littérature, ce Coryphée de la Philoſophie, ce Génie univerſel, cet Apôtre des Nations, ce grand Légiſlateur, ce Précepteur par excellence, ce Réformateur intrépide du genre-humain ! Auſſi propre à inſtruire, à édifier & à toucher, qu'à piquer la curioſité, elle ne peut manquer de convaincre, de perſuader, d'attendrir, en faiſant paſſer dans l'ame des Lecteurs la douloureuſe componction & tous les ſentimens de pénitence de l'Hiſtorien converti. Elle diſſipera le nuage d'erreurs que ſes Écrits contagieux ont élevé dans leurs eſprits ; elle fera tomber le funeſte bandeau qu'il avoit étendu ſur leurs yeux ; elle les arrachera au torrent fatal dans lequel il avoit ſubmergé leurs mœurs avec leur foi ; elle échauffera leurs cœurs du feu ſacré qui embraſe le ſien ; & les forçant, pour ainſi dire, de frapper de toutes leurs forces ſur cet énorme coloſſe d'irréligion & de libertinage qu'il avoit propoſé à leurs adora-tions, il les rendra à la Religion & à la vertu. Hâtons-nous donc de le lire, & ne perdons pas un mot de l'hiſtoire de ſa converſion, qu'il va nous raconter lui-même en Hiſtorien d'autant moins ſuſ-pect de menſonge, qu'il n'a point de raiſon de mentir, & qu'il avoi-ſine de plus près la tombe où il va mêler ſa cendre à celle de ſes peres.

Ah! un Écrivain qui va mou-rir, & déja courbé ſous la faulx prête à le moiſſonner, doit être cru ſur ſa parole, quand il dit à ceux qu'il a trompés : Malheu-reux, & mille fois trop crédules Lecteurs! je vous ai égarés ſur mes pas, en vous faſcinant par mes perfides Écrits. J'en ſuis con-vaincu; je n'en puis douter; mes entretiens avec les Ombres m'ont mis ſous les yeux & dans le plus grand jour toutes mes différentes

erreurs : ce tableau m'a effrayé,
attendri, pénétré du plus cuisant
regret ; j'en ai versé des larmes
brûlantes, mais salutaires, qui
coulent encore, & qui ne cesse-
ront que quand je cesserai moi-même de vivre : écoutez-moi donc,
suivez-moi, pleurez avec moi, &
imitez ma pénitence.

VOLTAIRE

VOLTAIRE

DE RETOUR

DES OMBRES,

Et fur le point d'y retourner pour
n'en plus revenir ;

A TOUS CEUX

QU'IL A TROMPÉS.

Oui, je me fuis immenfement égaré,
j'ai entraîné une multitude innombra-
ble de perfonnes dans mes prodigieux
écarts ; & cet humiliant aveu qui met
la rougeur fur mon front, qu'aucune
Puiffance de la terre ne m'eût jamais arraché, la force toute feule de la vérité
que j'ai enfin connue, le met fur mes
levres, après l'avoir fait paffer par mon
cœur ; il coule fans violence de ma plu-

A

me; parce que je le regarde, avec raison, comme un devoir auſſi juſte qu'indiſpenſable, depuis ma deſcente dans
les demeures ſouterraines des Ombres,
ces ſubſtances ſi ſingulieres, qui ne ſont
pas moins vraies que ſéveres, inflexi-
bles, & qui m'ont convaincu de la néceſſité d'une confeſſion publique de tous
mes égaremens.

La premiere que j'eus à ma rencontre, fut celle du *Juvénal* François, *Boileau*; il me ſemble encore l'entendre:
Boileau, me reprocha mes critiques trop
ardentes, les injures groſſieres dont j'ai
accablé tous mes ennemis, & ſur-tout les
Théologiens; tant de diſputes ameres
qui ont troublé mon repos en terniſſant
ma gloire, & en détrempant mes jours
d'amertume, enfin mes hauteurs cauſti-
ques, mes baſſes dériſions, mes médi-
ſances de toutes les Nations, mon envie, ma cupidité, mes vengeances,
mes emportemens, mes fureurs, mes
perfidies, mon ingratitude, mes noirceurs, ma haine pour ma propre Patrie, &c. Il me rappella cent traits dé-
ſagréables & ſanglans que je me ſuis at-
tirés par ma faute: eh! combien d'autres du même genre auroit-il pu me citer! Il n'avoit beſoin pour cela que de

la simple nomenclature d'une petite partie des qualifications atroces que j'ai pro-
diguées à tous mes antagonistes, & que
je ne puis répéter sans rougir ; telles
sont, entre une foule d'autres, les épithetes d'*ignorans*, *de sots*, *de foux*, *d'é-
nergumenes*, *de bêtes*, *d'oisons*, *de tartuf-
fes*, *de cagots*, *de polissons*, *de cuistres*,
de pédans, *de gredins*, *de bouts*, *de chiens
barbets*, *de balourds*, *de fats*, *de ridicules*,
d'impertinens, *de sycophantes*, *d'ânes*,
d'insectes, *de chenilles*, *de vermisseaux*, *de
faquins*, *de frippiers*, *de frippons*, *de ma-
rauts*, *de coquins*, *de laquais*, *d'escrocs*,
de méchans, *de scélérats*, *de ribauds*, *de
ribaudiers*, *de pédérastes*, *de monstres*, &c.
Et à qui ai-je si souvent donné plusieurs
de ces titres si peu décens ? c'est tantôt
au docte & sage Abbé *Nonnote*, pour
avoir si bien réfuté mes erreurs histori-
ques & dogmatiques, & tantôt au savant
& judicieux Abbé *Guenée*, Auteur des
Lettres de quelques Juifs Portugais &
Allemands, qu'il m'a adressées, malgré
le ton de modestie, de modération, de
politesse qui regne dans tout cet excel-
lent Ouvrage, où l'on trouve mes bévues, mes absurdités & mes contradictions, relevées avec autant de solidi-
té, que de douceur & d'honnêteté. Ici,

c'est à M. *de la Beaumelle*, pour avoir
dit dans ses *Pensées*, ou son *qu'en dira-
t-on*, qu'il *y a eu de plus grands Poëtes
que Voltaire*, pour s'être permis de criti-
quer mon *Siècle de Louis XIV*, & de com-
menter ma *Henriade*. (Boileau auroit pu
ajouter que je fis mettre mon Censeur
à la Bastille, par des Mémoires calom-
nieux que j'envoyai contre lui ; & que
ce fut pendant qu'il y étoit renfermé,
que je répondis par un torrent d'injures à sa critique.) Là c'est à M. *Palissot*,
pour sa *Comédie des Philosophes*, ses petites *Lettres sur les grands Philosophes*, &
les *Lettres* qu'il m'a écrites à moi-même ; trois Ouvrages pleins d'esprit, de
raison & de jugement. De ce côté,
c'est à M. *Clément*, d'abord mon admi-
rateur passionné, & ensuite mon Aris-
tarque impitoyable, mais toujours juste, toujours sensé, toujours ami des vrais
principes & du bon goût, toujours franc
& ingénu, jusqu'à me dire en écrivant
à ma personne, que j'ai *si fort rassasié
le public de mes prétendues facéties, qu'il
en est pleinement dégoûté ; qu'il n'est pas
possible qu'on soit si long-temps la dupe
des vengeances de mon amour-propre irrité ;
qu'il m'a toujours été plus aisé de chercher à diffamer mes censeurs, que d'avoir*

raiſon contr'eux ; que moi qui ai voulu jouer le rôle du premier Philoſophe de mon ſiecle, du premier Maître de notre Littérature & de notre Poéſie, du modele le plus ſûr & le plus parfait, ai infiniment contribué à cette corruption du goût, qui s'accroît de plus en plus, & qui menace les Lettres, en France, d'une chûte inévitable & prochaine ; que mes jugemens littéraires ſont preſque tous d'une légéreté, d'une mauvaiſe foi, d'un mauvais ſens qui révoltent les connoiſſeurs inſtruits, & qui ont beaucoup ſervi à égarer le goût des jeunes gens ; qu'il faudroit trop de volumes & d'ennui pour indiquer les tâches nombreuſes de toute eſpece qui déparent mes meilleurs Ouvrages, toutes mes erreurs hiſtoriques, tous mes préjugés & mes faux principes, en écartant même *une vingtaine de volumes, le délire d'un âge dont on doit ménager la foibleſſe, & en me prenant dans la vigueur de mes forces,* &c.

D'un autre côté, c'eſt à M. *Larcher*, Auteur du Supplément à la Philoſophie de l'Hiſtoire, qui m'alluma ſi fort la bile, & qui me fut député par les Savans de France, pour m'interroger juridiquement, & ſavoir ſi j'avois les qualités néceſſaires pour former un bon Hiſtorien, ſur-tout pour s'éclaircir ſi je ſa-

vois le Grec. Malgré ma décrépitude,
& les pertes journalieres de ma mé-
moire, je n'ai point oublié le discours
un peu mortifiant qu'il m'adressa de la
part des Savans; le voici mot pour mot:
,, Le monde savant, me dit-il donc,
,, est fort étonné que vous usurpiez ses
,, droits, sans avoir pour cela les connoif-
,, sances requises. Vous parlez des Ecri-
,, vains Grecs que vous n'entendez pas;
,, vous employez le mot barbare *Bafi-*
,, *loi*, qui n'est point Grec, au-lieu de
,, *Bafileis*; vous vous servez du mot de
,, *Despotes*, sans en savoir la significa-
,, tion; vous avez souvent le mot de
,, *Demiourgos* à la bouche, & vous igno-
,, rez ce qu'il veut dire; vous prenez le
,, nom de *Dynastie*, pour celui d'une
,, Province ou Contrée; vous appellez
,, les Prêtres Egyptiens, des *Bouteilles*;
,, car c'est ce que signifie le mot *Choas*,
,, que vous leur appliquez; vous faites
,, passer à *Hercule* le détroit de Calpé &
,, d'Abila dans son gobelet, au-lieu de
,, dire qu'il le passa dans un navire ap-
,, pellé *Scyphus*; enfin vous êtes véhé-
,, mentement soupçonné, par plusieurs
,, de vos citations, de ne pas entendre
,, ce dont vous voulez parler." En vain,
me mis-je à crier: *Je suis Seigneur de*

Ferney, *Gentilhomme ordinaire de la Chambre du Roi*, & *Membre de cent Académies.* " Ce n'est pas ce dont il est
„ question, reprit *M. Larcher*, nous par-
„ lons de Grec. Alors entrant en fureur,
„ *cuistre*, *faussaire*, *paillard*, m'écriai-
„ je, à perte d'haleine. Ce n'est pas du
„ méchant François, repliqua le dépu-
„ té, c'est du Grec qu'on vous deman-
„ de. *Bouc*, *crasseux*, *sodomite*, m'é-
„ criai-je encore plus fort. Ceci est en-
„ core du François, & non du Grec,
„ ajouta le député. Mais puisque vous
„ ne voulez pas répondre sur le Grec,
„ voyons sur les Auteurs.

„ Pourquoi vous êtes-vous avisé de
„ dire que Ninive n'étoit éloignée de
„ Babylone que de quarante lieues, tan-
„ dis qu'il y en avoit cent de distance
„ de l'une à l'autre ? Pourquoi faites-
„ vous de cent quatre-vingt stades, huit
„ de nos grandes lieues, tandis que cent
„ quatre-vingt stades ne font qu'environ
„ trois & demie de nos petites lieues ?
„ Pourquoi établissez-vous des Temples
„ à *Eleusine*, où il n'y en eut jamais? „
Pourquoi? pourquoi? pourquoi? Frappé de tous ces *pourquoi*, comme d'autant de coups de foudre, contre lesquels je ne pouvois me défendre, je

A 4

l'avoue, à ma confusion, je tombai en syncope : les députés la prirent pour un accès de folie, & se hâterent de publier que j'étois *mentis & Græcæ linguæ non compos.*

Plus loin, c'est à M. *Freron* que j'adresse mes épithetes Françoises; *Freron,* dis-je, ce fameux Journaliste auquel je ne puis refuser la gloire de posséder éminemment le talent peu commun d'analyser & d'apprécier les Ouvrages, de joindre à la connoissance des Auteurs Grecs & Latins, celle de plusieurs Langues étrangeres; d'écrire en perfection dans la sienne, de répandre les graces, les tournures agréables & piquantes, le sel attique à pleines mains sur tout ce qu'il entreprend de traiter, pour ne rien dire de la justesse de son esprit, de la sûreté de son goût, de la finesse de son tact, &c. C'est contre ce Littérateur, si justement célebre, que je me suis déchaîné avec fureur; & pourquoi? Pour son zele infatigable à relever mes négligences, mes écarts, mes mensonges, mes calomnies, mes satyres indécentes, mes obscénités grossieres, mes fades plaisanteries, mes impiétés pleines de blasphêmes, mes erreurs dans tous les genres, mes fautes enfin

de toute espece, & contre la raison, &
contre la Langue, & contre le goût.
C'est ce qu'il vient de faire tout nou-
vellement dans sa révision & sa correc-
tion du Commentaire de *M. de la Beaumelle* sur ma *Henriade*. C'est-là qu'il
dit sans façon qu'on *n'en peut tire deux
Chants de suite, sans une douce invitation
au sommeil; que c'est un tissu de pieces
mal assorties, qu'on peut, sans inconvé-
nient, changer, transposer, supprimer;
que j'ai pillé Cassagne; que je suis foi-
ble, languissant, enflé, prosaïque dans
mes vers; décousu, obscur, énigmatique,
point heureux* dans mes *rimes*, non plus
que dans le choix de mes *termes; dur,
sans noblesse, sans dignité, fade, froid,
sec, avide, pesant, monotone, ennuyeux;
plein de contre-sens, de contre-vérités,
de répétitions désagréables, &c.*

Plus récemment encore, l'habile, ou
plutôt le Prophete Journaliste, m'a peint
de façon à ne pouvoir s'y méprendre,
en faisant le portrait de *Juste Lipse;* il
a prédit que je mourrois pénitent & dé-
vot, comme ce Littérateur également
singulier & célebre, qui fut le plus bel
esprit de son temps. Homme universel,
ou du moins possédé de la fureur de le
paroître, il écrivit sur toutes sortes de

A 5

matieres ; & ſes Ecrits qui ſe ſuccédoient
rapidement les uns aux autres, s'impri-
moient dans toutes les grandes Villes
de l'Europe. Il faiſoit des vers ; il com-
poſoit des Satyres, des Libelles, des
Hiſtoires, des Hiſtoriettes, des Com-
mentaires, des Ouvrages ſur la Politique, ſur la Philoſophie, ſur la Théologie, ſur la Religion, ſur toutes les
diſputes des Savans, & les divers objets
qui, tour à tour, venoient frapper ſon
imagination. Perſuadé qu'il importoit à
ſa réputation de ſe frayer un chemin
nouveau, & de ſe faire regarder comme un parfait original, il vint à bout de
ne reſſembler à aucun, ni des bons Anciens, ni des bons Modernes. Dans preſque toutes ſes productions, il eſt vif,
léger, ingénieux ; mais ſon ſtyle va par
ſauts & par bonds ; il eſt hériſſé d'épi-
grammes, de pointes & de jeux de mots.
Il eut des partiſans en France, en Italie,
en Angleterre, en Allemagne, & même ils formerent une ſecte conſidéra-
ble, qu'on appelle les *Lipſiens*, & que
vers la fin du dernier ſiecle, on ne re-
garda plus que comme la lie de la Littérature. Il liſoit tout, & profitoit ſi bien
de ſes lectures, qu'il fut plus d'une fois
accuſé & convaincu de plagiat. Quant

à la figure, *Juste Lipse* étoit horrible-
ment laid, & ; lorsqu'on le voyoit, on
étoit étonné qu'un aussi bel esprit fût
logé dans un aussi vilain corps. A l'é-
gard du caractere, il étoit inquiet, en-
vieux, méchant, d'une humeur inéga-
le, tantôt d'une gaieté charmante, tantôt
taciturne, atrabilaire, mécontent de tout
le monde & de lui même ; sa religion
étoit fort équivoque, il fut tour à tour,
Catholique, Luthérien, Calviniste, &c.
Après avoir long-temps erré dans l'Europe, souvent chassé, ou contraint,
pour mettre sa personne en sûreté, de
sortir des lieux qu'il habitoit, il finit par
se retirer à Louvain, où il rentra dans
le sein de l'Eglise Romaine, & mou-
rut pénitent.

  Parallele fut-il jamais plus juste &
plus ressemblant ? Je le dis à ma honte
& pour ma consolation. A ma honte,
puisque j'ai malheureusement égalé, hélas ! surpassé de beaucoup mon modele en fait d'écarts ; pour ma consolation, puisque je suis bien résolu de le
surpasser encore dans sa pénitence. Mais
avançons.

  L'ombre de *Boileau* n'eût pas plutôt
disparu, après m'avoir donné des leçons de douceur, de modération, de

respect, sur-tout pour la Religion & les
Puissances, que j'en vis paroître une
autre qui m'étoit inconnue, & dont
l'aspect jetta la terreur dans mon ame.
Elle m'annonça, qu'elle venoit pour
m'intimer les loix suprêmes du séjour
des mânes, & y régler mes démarches.
Je la suivis donc en tremblant; elle
me conduisit d'abord à *Marc Aurele*,
cet Empereur Philosophe, dont l'air de
bonté & l'accueil gracieux commen-
cerent à me rassurer un peu : le calme
ne dura pas long-temps : sans faire la
moindre attention aux efforts de mon
zele pour l'intérêt de sa gloire, il me
reprocha la bassesse & l'indécence du
style dont j'avois fait usage pour le ven-
ger; il fit plus encore, il me certifia,
comme témoin oculaire, le miracle de
la légion fulminante que j'avois eu l'audace de nier; il me soutint constam-
ment que je n'étois pas Philosophe; &
me le prouva démonstrativement par
toutes mes insultantes railleries de la
Religion Chrétienne, de ses dogmes,
de son culte, de ses cérémonies, de
ses Ministres, ajoutant que lui, *Marc-
Aurele*, quoiqu'élevé dans le sein du
Paganisme, avoit admis un Etre supérieur, une premiere Cause, une Pro-

vidence : & me reprochant avec force
de l'avoir niée cette sage Providence sur
les êtres libres, d'avoir attaqué, raillé la
liberté, & justifié par-là tous les méchans, en ôtant le vice & la vertu ; venant ensuite à la morale, il me reprocha de n'estimer que les sciences spé-
culatives & curieuses ; de ne donner
pour regle des mœurs que l'instinct ter-
restre de la nature, l'utilité physique ou
la convention arbitraire des humains,
le goût, le caprice ; d'avoir ôté toutes
les loix, brisé tous les freins, rompu
toutes les digues qui retiennent les
hommes dans le devoir ; donné des leçons voluptueuses ; fait l'apologie des
plaisirs des sens, & l'apothéose des passions ; en blâmant les maximes de l'E-
vangile qui les condamnent. *Allez*, me
dit-il, en me congédiant, *allez ; annon-*
cez à vos Littérateurs, que quelque bril-
lans que soient leurs succès, ils n'auront
jamais, non plus que vous, le titre esti-
mable de Philosophes, si comme vous ils
méconnoissent la vraie morale philoso-
phique.

C'est ce que je reconnois enfin, &
que j'annonce à l'Univers : il n'est point
de Philosophe sans Philosophie morale,
ni de Philosophie morale sans principes

des mœurs, ni de principes des mœurs
qui n'aient leur source dans la règle
éternelle, inflexible, immuable de la
souveraine raison, qui commande essentiellement l'ordre, qui condamne nécessairement le désordre, qui récom-
pense la vertu, & qui punit le crime en le
coupant jusques dans sa racine. Or, cette
raison souveraine n'ordonne pas seulement la justice, la probité, la bonté,
l'humanité, la bienfaisance & toutes les
vertus naturelles, elle nous en prescrit
encore les motifs purs, & nous conduit
comme par la main, de degrés en degrés, jusqu'aux vertus surnaturelles qui
ont Dieu pour objet immédiat, & sa
grace pour principe, la foi, l'espérance,
la charité. C'est, hélas! ce que j'ai toujours méconnu, aveuglé que j'étois par
le nuage que formoit autour de moi la
fumée de mes passions criminelles; c'est
ce que j'ai témérairement combattu.
Mais je ne puis plus échapper à la viva-
cité des rayons qui m'éclairent, & il
m'est impossible de ne pas regarder la
Divinité telle qu'on la voit à la clarté du
flambeau de la foi, c'est-à-dire, comme
l'Etre suprême, éternel, infini, source
unique de tous les biens, seul digne de
notre amour, & qu'il faut aimer souve-

rainement pour devenir parfaitement heureux.

O Ciel, comment ai-je pu m'étour-dir sur une vérité si frappante & si lu-mineuse! Je le confesse, la rougeur sur le front, c'est mon cœur dépravé, qui a séduit mon esprit convaincu. Quelle foiblesse! quelle honte!

De l'Empereur *Marc-Aurele*, je fus conduit malgré moi chez *Fauste Socin*, ce fameux disputeur, ce Sophiste Chré-tien & chef des Sociniens, qui préten-dent que le Pere éternel est seul Dieu, & que Jesus-Christ n'est qu'un pur hom-me. Surpris de me voir, ce hardi rai-sonneur débuta par me reprocher d'a-voir franchi par la hardiesse de mes sys-têmes, les bornes qu'il avoit respectées lui-même. Il me soutint tout de suite que je n'avois fait que pousser plus loin ses faux principes; qu'il avoit fondé ma fortune; qu'il m'avoit tracé la route; qu'il avoit été mon guide, mon maître; & que c'étoit à tort qu'on vouloit m'ad-juger le titre de Philosophe *créateur*, par des opinions *neuves* sur la Religion. Je ne pus m'empêcher de convenir qu'il disoit vrai, en assurant que le principe *de ne juger de la Religion que par la rai-son*, m'étoit commun avec lui. Il ajouta

que c'étoit par un esprit d'incrédulité
& d'orgueil, que nous avions osé, lui
& moi, fixer sur nos minces lumieres,
les objets les plus sublimes de la Religion, en donnant l'un & l'autre nos pensées ténébreuses, nos idées, nos imagi-
nations, nos faux raisonnemens pour la
saine & pure raison, la raison incréée,
immuable, éternelle. Je disputai, je me
défendis en m'étayant de l'obligation
d'instruire & d'éclairer les hommes;
obligation inséparable de la qualité de
Philosophe. Un Philosophe, répondit
*Socin, qui n'a aucune autorité, ni dans
la Religion, ni dans la société, a-t-il le
droit d'en attaquer les vrais principes, d'en
établir les regles prétendues sur ses idées?
Voilà où est la témérité; voilà ce que répriment la Religion & le Gouvernement,
& ce qu'ils répriment avec équité.....
Réprimer de hardis Ecrivains, qui, enor-
gueillis par leurs talens, osent attaquer la
Religion, & régler le Gouvernement, le
censurer, c'est l'autorité la plus juste en
elle-même, & la plus utile aux Citoyens.*
   *Je niai, poursuivit Socin, le péché ori-
ginel, ne pouvant comprendre qu'on pût
pécher avant sa naissance, ni être coupable d'un péché étranger. Je niai l'éternité
des peines que je jugeai contraires à la bonté*

de Dieu. N'avez-vous pas soutenu les mê-
mes erreurs, & par les mêmes motifs? C'est
ainsi que vous & moi avons osé juger les
voies du Très-Haut, sur nos foibles lumie-
res; comme si nous connoissions parfaite-
ment la tache originelle & ses suites, le rap-
port redoutable de nos œuvres avec la jus-
tice & la sainteté de Dieu.... Vous avez
poussé l'abus de la raison jusqu'au fanatis-
me. C'est-là ce qui vous caractérise, vous &
vos Philosophes.... Il est de fait que vous
parlez tous en Législateurs enthousiastes,
que vous adorez votre raison, que vous la
proposez avec empire, comme la regle des
hommes; que la fureur du prosélytisme vous
dévore; que vous multipliez les Ecrits au-
dacieux pour arracher les Chrétiens à leur
foi, & leur inspirer vos systêmes conta-
gieux; que la secte philosophique a fait plus
de ravages dans le Christianisme que toutes
les hérésies ensemble, en employant les so-
phismes, & tous les genres possibles de sé-
duction, pour sapper la base des Trônes,
renverser les fondemens de la Religion,
briser le frein des loix, & tous les liens
de la société, &c. Il dit, & il disparut,
en me laissant, tout enflammé de cole-
re, & rongé par le dépit.

Que mes dispositions se trouvent dif-
férentes à ce moment, que le rayon de

la vérité a percé mon ame ! Rien de
plus vrai, je le déclare à ma confusion,
que tout ce qui m'a été dit par *Socin*.
La passion de tout savoir, de tout comprendre, & de faire triompher par-tout
ses opinions particulieres, est un vrai
fanatisme. Dès qu'on admet l'existence
d'un Dieu ; (& peut-on ne point l'ad-
mettre ?) il est nécessaire de convenir
qu'on ne peut pénétrer, ni son essence,
ni ses attributs, ni tous les rapports qu'il
a, en qualité de cause universelle, avec
toutes les créatures sorties de ses mains,
ni les mysteres qu'il a droit de nous ré-
véler. Vouloir comprendre tous ces objets, & cent autres de cette espece,
c'est vouloir égaler l'homme à Dieu en
le divinisant. Comprend-il la Divinité
& tous ses attributs ? dès-lors, il cesse
d'être homme, il est Dieu, puisqu'il
est infini dans son intelligence. Prendre
la raison humaine toute seule pour la regle de sa croyance avec le Philosophe,
c'est se tromper visiblement : y ajouter
l'Ecriture avec l'hérétique, mais l'É-
criture interprétée par cette même raison isolée, c'est encore s'égarer par un
circuit qui ne diminue rien de la grandeur de l'écart. L'Ecriture est fort-sou-
vent obscure, & n'est jamais, ou pres-

que jamais assez claire pour fixer tous
les esprits, & les empêcher de l'entendre différemment les uns des autres. On
voit tous les jours des Savans du premier ordre partagés sur les sens des pas-
sages les plus clairs en apparence. Ce
n'est donc, ni par la voie de l'inspiration,
ou de l'esprit particulier, ni par celle
de l'examen qu'on en peut juger. La
voie de l'inspiration ou de l'esprit particulier, n'est capable que de produire
des visionnaires & des illuminés, tels
que les Beguards, les Anabatistes, les
Bouvignonistes, les Prophetes des Cé-
venes, les Quakers ou Trembleurs; l'un
desquels m'adressa une lettre à l'occasion de mes remarques sur les An-
glois, &c. La voie de l'examen n'est
pas un guide plus sûr. Elle est de toute
impossibilité pour la très-grande partie
des hommes, soit à cause de leur ignorance, soit par le défaut de temps ou
de force & de justesse d'esprit, soit par
le manque des secours nécessaires à un
pareil examen. Quelle étonnante multitude de livres de toute espece & de
toute langue ne faudroit-il pas pour
cela? Fût-elle possible, elle n'en seroit
pas moins dangereuse, en ouvrant la
porte à toutes les erreurs. L'unité de la

Foi ne peut subsister sans un point fixe de réunion. Reste donc une troisieme voie donnée aux hommes pour connoître la vérité en matiere de Religion ; voie non moins sûre & infaillible, que courte & facile ; voie absolument né-cessaire ; puisqu'il est impossible qu'une Société religieuse puisse subsister sans elle, & qu'elle ne devienne la proie de l'anarchie, du désordre & de la confu-sion. Aussi le sage Législateur des Chré-tiens la leur a-t-il donnée, dans le Corps auquel il confia le dépôt de sa doctrine, à l'instant même de l'établissement du Christianisme ; ce Corps auguste, & à jamais durable des premiers Pasteurs, chargés d'instruire & de gouverner l'E-glise jusqu'à la fin des siecles. C'est lui qui forme ce Tribunal sacré & toujours subsistant, doué du don de l'intelligence des Ecritures & de la Tradition, pour en pénétrer le vrai sens & le proposer aux Fideles ; toujours assisté de l'Esprit-Saint pour décider souverainement & infailli-blement toutes les contestations sur la foi ou sur les mœurs ; toujours aidé d'en-haut, pour régler la discipline, & gou-verner les hommes dans l'ordre du salut.

Et telle est la voie d'autorité, & d'une autorité divine absolument nécessaire à l'homme, dont l'efprit incertain, léger, capricieux, flottant, ne peut être fixé pour toujours à la vérité, que par le poids de l'autorité de Dieu même, feul capable d'enchaîner, de captiver l'entendement humain fous le joug de la foi. Et voilà l'heureufe fervitude que mon amour effréné de l'indépendance & de la liberté de penfer, me fit toujours détefter, jufqu'à ce fortuné moment, où, fur le bord de la tombe qui s'entr'ouvre pour me recevoir, je reconnois en foupirant toute l'horreur de ma révolte, toute l'abfurdité du délire de mon fanatifme de raifon. Oui, à ce redoutable inftant que le voile de la mort va s'étendre fur mes paupieres, je brife l'autel de cette idole, en tombant aux genoux du Dieu des Chrétiens, pour l'adorer & lui immoler ma raifon; ma raifon, dis-je, hélas! trop long-temps obfcurcie, féduite, entraînée par mes paffions, mais rendue enfin à elle-même & à fa pureté originale. C'eft elle qui m'apprend aujourd'hui, que le projet d'anéantir la révélation, que je ne perdis jamais de vue, eft de tous les deffeins le plus chimérique & le plus infenfé. Je vois, en fuivant la brillante

traînée de ſes pures lumieres, je vois
qu'il eſt indiſpenſable de diſtinguer deux
ordres de vérités ; les unes naturelles
qui ſont à la portée de l'intelligence
humaine, & les autres ſurnaturelles qui
la ſurpaſſent, puiſqu'elles ont leur ſiege
dans les profondeurs impénétrables de
l'Etre divin, plus fécond encore au de-
dans qu'il ne l'eſt au dehors. Je vois que
ma raiſon ne ſuffit pas pour m'inſtruire
ſûrement de tous mes devoirs envers la
Divinité, & envers moi-même & mes
ſemblables ; & que par ſon inſuffiſance
même, elle me conduit à la révélation
qui m'offre tous ces grands objets, les
richeſſes infinies de la nature de Dieu,
les ſecrets reſſorts de ſa ſageſſe, de ſa
bonté, de ſa juſtice ; la forme du culte
qu'il exige ; ſes volontés libres ſur le
ſort des hommes ; tout ce qu'il faut qu'ils
croient & qu'ils pratiquent pour mener
une vie bonne & heureuſe. Il n'eſt aucun Rationaliſte qui n'ait prodigieuſe-
ment erré ſur ces différens objets. La
Religion révélée peut donc ſeule les
embraſſer tous, & nous en inſtruire due-
ment. Elle exiſte donc ; elle brille du
plus vif éclat dans cette ſociété chrétienne dont je tiens ma double naiſ-

sance. Fondée par les Apôtres dans la Capitale de l'Empire Romain, & devenue le centre du Royaume de Jesus-Christ, qui s'étend sur toutes les Nations du monde, elle s'est perpétuée depuis eux jusqu'à nous par une succession non interrompue de Pasteurs légitimes, & en conservant dans toute sa pureté le dépôt de la doctrine qui lui fut confié par ses Fondateurs, elle est devenue la base & la colonne de la vérité. Base ferme, inébranlable, & dont aucun effort n'a jamais pu rompre la consistance & l'unité de croyance, de morale & de gouvernement qui la distinguent parmi toutes les autres sociétés chrétiennes, tous ses enfans professant par-tout la même foi, se conduisant par les mêmes regles, se laissant gouverner par les mêmes Pasteurs, en reconnoissant la même Hiérarchie.

Pourquoi donc l'ai-je méconnue, raillée, blasphémée, malgré ce grouppe étincelant de lumiere qui l'environne? Ah, ingrat! perfide! C'est qu'elle me condamnoit hautement, & que je n'ai pu me supporter moi-même, en me regardant à la clarté de ses rayons. C'est qu'enivré de mes vains talens, j'ai voulu leur donner un libre essor, en les affran-

chiſſant des entraves qu'ils auroient trou-
vées ſous le joug de la révélation. C'eſt
que, fier de mes connoiſſances, enflé
de mes ſuccès & des applaudiſſemens
qu'ils m'attiroient de toute part, livré
à toutes les fougues de mon imagination ardente & déréglée, les digues les
plus fortes n'ont pu arrêter ce torrent
impérueux. C'eſt que devenu par ma
faute l'idolâtre forcené de mes penchans
corrompus & de mon orgueilleuſe raiſon, je leur ai tout ſacrifié, foi, religion, mœurs, vertu, juſtice, probité,
honneur, décence, freins de toute eſpece. O foi divine! que j'ai blaſphémée
ſi ſouvent, reçois l'hommage de ma reconnoiſſance, pour avoir enfin déchiré
le funeſte bandeau qui me faſcinoit juſqu'à me rendre fanatique intolérant,
perſécuteur acharné de tout ce qui ne
penſoit pas comme moi. O lumiere ſur-
naturelle! toi ſeule, tu peux nous éclairer ſûrement ſur les objets qui nous in-
téreſſent de préférence, & diriger nos
pas dans la route qui conduit au bonheur! Puiſſe-tu darder tes rayons bien-
faiſans ſur tous les crédules mortels que
j'ai égarés d'un pole à l'autre par le preſ-
tige de mes Ecrits! Puiſſent tous les hommes qui rempliſſent l'Univers, éprouver
tes

tes douces influences, comme je les éprouve moi-même, & ne former tous ensemble qu'une seule famille, sans cesse occupée des saints exercices de la Religion sublime que tu fais briller à leurs yeux! Puissent-ils, ô Religion divine! te dresser autant & plus d'autels, qu'ils ne t'en ont sacrilégement brisés par mes suggestions impies!

En quittant Socin pour aller trouver Pascal, je rencontrai sur mes pas Fontenelle & la Fontaine. Le premier me reprocha finement mes imprudences, mes jalousies, mes médisances, mes vengeances, mon esprit de domination, mes mépris insultans pour mes rivaux, mes adulations & mes indiscrétions qui se succéderent tour à tour envers les Grands. Le second ne me ménagea pas davantage sur mes Ecrits licencieux, & voulut me prouver que je devois les brûler comme il avoit fait ses Contes, après une amende honorable devant les députés de l'Académie. Pascal s'avança sur ces entrefaites; je l'apperçus qui conversoit avec Huet, Abadie, & quelques autres savans Apologistes de la Religion; je l'abordai; & à peine je fus à portée de l'entendre, qu'il me demanda pourquoi j'avois attaqué ses Pen-

B

fées fur la Religion. Il m'ajouta qu'*en peignant l'homme d'après mes propres lumieres, je l'avois méconnu; que j'avois foutenu la poffibilité de la matiere penfante; affimilé l'ame, l'image de Dieu, à l'inftinct des bêtes; nié la liberté humaine; admis la fatalité, & l'irréfiftibilité des paffions; préféré la raifon à la révélation*, & les prétendues lumieres du fiecle aux oracles du Ciel fur la chûte de l'homme & fa dégradation, le péché originel & fes fuites, la morale évangélique, les loix du Chriftianifme, l'effence de la vraie vertu. Je n'eus rien à répondre; & encore aujourd'hui, après bien des réflexions, je n'ai d'autre parti à prendre que de fuivre le confeil que me donna *Pafcal* en me quittant, d'annoncer aux Philofophes adorateurs de la raifon, la néceffité indifpenfable de la plier fous le joug de la foi, en croyant avec fimplicité tout ce que la révélation nous enfeigne fur les points agités entre lui & moi: c'eft ce que je leur annonce, quelque chofe qu'il m'en puiffe coûter.

Non, non, la matiere ne penfa jamais; elle en eft fonciérement, effentiellement incapable. En vain, la poffibilité d'une matiere penfante fut propoſée, du moins comme douteuſe, par le fameux *Locke* dans ſon *Eſſai philo-ſophique ſur l'entendement humain*. Inutilement dans mes *Mélanges de Littéra-ture & de Philoſophie*, entrepris-je de chanter la défaite des Savans qui l'avoient combattue ; la poſſibilité de la matiere penſante n'en eſt pas moins une chimere pleine d'abſurdités. Il eſt abſurde qu'une ſubſtance étendue, diviſible, ſolide, inerte, capable de recevoir le mouvement, incapable de ſe le donner, & qui ne peut agir que par la figure de ſes parties ; il eſt abſurde qu'une telle ſubſtance puiſſe penſer elle-même, ou produire la penſée, cet acte indiviſible de l'eſprit & de la volonté. Il eſt abſurde de dire ou de ſuppoſer qu'on puiſſe partager une penſée comme on partage un morceau de pain ou de bois, & qu'il y ait une moitié, un tiers, un quart de penſée. Il eſt abſurde que la matiere puiſſe donner naiſſance à la penſée, à la réflexion, au jugement, au raiſonnement, aux combinaiſons, aux inductions, puiſqu'on ne peut donner que ce que l'on a, & que la matiere ne renfermant dans ſon ſein que des parties & des figures, elle ne peut enfanter des penſées, des connoiſſances, des

sentimens, des jugemens, des raisonnemens tout-à-fait supérieurs aux parties, aux figures, aux mouvemens de
la matiere, & totalement différens d'elle
& de toutes ses propriétés. Il est absurde que la pensée, qui consiste essentiellement dans le mode, ou la mo-
dification, ou la maniere dont la substance pensante se porte vers les objets,
pour les connoître & en juger, ne soit
autre chose que le mouvement, ou l'ar-
rangement, ou la figure de la matiere, ou le choc de ses parties les plus
déliées, les plus subtilisées, les plus spi-
ritueuses, contre la substance du cer-
veau ; puisque, ni l'atténuation de la
matiere, ni sa circulation, quelqu'ex-
trêmes qu'on les suppose, ne peuvent
les faire changer de nature, ni empêcher qu'elle ne demeure toujours divi-
sible & inerte. Il est absurde, que le
mouvement ou la figure de la matiere,
qui n'a aucune analogie, aucun rapport
avec la pensée ou l'affection intérieure
du sujet pensant, constitue néanmoins
l'essence de la pensée. Il est absurde que
le principe pensant soit composé de
parties ; puisque s'il l'étoit, il ne pourroit comparer les impressions ou perceptions qu'il recevroit ; chacune de

ces perceptions étant diftribuée à fes
différentes parties, qui ne pourroient
juger que de celles qui lui feroient tom-
bées en partage. Or, le principe pen-
fant réunit & compare toutes fes perceptions, toutes les impreffions que les
objets extérieurs font fur lui ; il eft
donc fimple, immatériel, exempt de
parties : une matiere penfante, & qui
a fouvent plufieurs penfées, plufieurs
idées à la fois, n'implique pas moins
contradiction qu'une même portion de
matiere, qu'une même fubftance étendue qui auroit plufieurs figures différentes à la fois ; qu'un même morceau
de cire, par exemple, qui feroit tout
à la fois rond & quarré.

Il n'eft pas plus raifonnable d'affimi-
ler l'ame humaine à celle des bêtes,
de nier la liberté, la chûte de l'homme,
de donner la préférence à la morale &
aux vertus païennes, fur la morale &
les vertus évangéliques. Quelle que foit
la nature intime de l'ame des bêtes,
qu'aucun mortel ne connoîtra jamais à
fond dans ce bas monde, toujours eft-il
certain qu'il y a une différence prefqu'infinie entr'elle & celle de l'homme.
Bornée tout au plus à une très-mince
portion de je ne fais quelle efpece de

connoissances obscures & monotones,
sans aucune perfectibilité, la bête ne
sait faire que de très-petites choses,
toutes relatives à la conservation de son
individu, ou au service de l'homme,
pour remplir les fins de sa destination.
Est-ce donc là de bonne foi la raison,
l'intelligence humaine, ce clair flambeau, cette lumiere émanée de la pri-
mitive lumiere, cette brillante image
de la Divinité? Est-ce là cette faculté
de percevoir, de combiner, de comparer, de saisir les rapports des choses
les plus imperceptibles, de réfléchir,
de raisonner, de prévoir l'avenir, de juger du présent, de se rappeller le passé
pour son instruction, de concevoir, d'enfanter, de conduire sagement des pro-
jets, de distinguer l'ordre moral du physique, de discerner le vice & la vertu,
de réprimer ses passions, de perfectionner ses talens, de briser le joug des sens
grossiers & de tous les objets sensibles,
pour s'élever d'un vol rapide jusqu'à la
région des êtres purement spirituels;
s'élancer enfin jusques dans le sein de
l'Eternel, le Pere des purs esprits, pour
y vivre parfaitement heureux de sa con-
templation & de son amour?

Si l'homme n'est point libre, il n'y

eut donc jamais pour lui d'ordre moral ;
& il n'eſt lui-même tout entier qu'un
brut inſtrument entre les mains d'une
néceſſité fatale, un vil eſclave enchaîné
aux pieds de cette impérieuſe maîtreſſe
qui le tourne & le retourne à ſon gré,
ſans qu'il puiſſe oppoſer la moindre ré-
ſiſtance aux divers mouvemens qu'elle
lui imprime avec une force inſurmon-
table : il n'eſt donc ni bon, ni méchant
par choix, ni avec mérite ou démérite
de ſa part ; & comme il ne doit y avoir
aucune récompenſe pour ſes bonnes
actions, il ne peut non plus y avoir de
châtimens pour ſes crimes les plus atroces. Les menaces & les promeſſes, les
conſeils & les préceptes, les loix di-
rectives & les peines correctives de-
viennent donc également inutiles, puiſque tous les êtres animés ſont néceſſairement fixés au bien ou au mal, par
une détermination inflexible, qui leur
vient d'un principe étranger ; ſource
unique des biens & des maux qu'ils paroiſſent faire aux yeux du monde illudé.
Quelle folie ! j'en ſuis frappé plus que
je ne peux l'exprimer ; & je la vois dans
tout ſon jour, les yeux mouillés de
pleurs. L'homme eſt donc libre, & c'eſt

à l'abus qu'il fit de sa liberté, qu'il faut attribuer sa chûte profonde, & sa dégradation, avec leur triste & étonnant cortege, ce mélange bizarre & si frappant de grandeur & de petitesse, de force & de foiblesse, de lumieres & de ténebres, de vices & de vertus, de roture & de noblesse, de sentimens qui ennoblissent l'ame par leur élévation, & de penchans qui la dégradent par leur bassesse. Non, ce n'est point là l'ouvrage du Créateur; c'est celui du péché de notre premier Pere, qui nous transmit son crime avec ses suites funestes. Tout m'annonce dans l'homme de l'état présent, un Roi déchu, détrôné, dépouillé, exilé pour ses crimes. Il est encore l'image de Dieu qui le créa à sa ressemblance; mais image enfumée, qui ne conserve plus que quelques vestiges de ces traits primitifs, délicats & fins, qui étoient comme la fleur du tableau, & qui rendoient la copie si ressemblante à l'original. Telle est la véritable histoire de l'homme, créé d'abord dans l'innocence, & bientôt déchu de ce brillant état par son crime, transmis à ses malheureux enfans; histoire consignée dans les Livres ſacrés des Chrétiens, & qui a paſſé juſques dans les Ecrits des Païens mêmes.

Mais la morale & les vertus païennes, égalées, préférées à la morale & aux vertus évangéliques! *Platon, Socrate, Séneque, Epictete, Ciceron*, élevés bien au deſſus de Jeſus-Chriſt! Quel blaſphême! Pouvois-je donc ignorer que ce que quelques Païens ont dit ou penſé de bon ſur la morale & la vertu, ils le tenoient des Auteurs ſacrés, dont ils avoient quelque connoiſſance, & que la révélation les guidoit quelquefois, ſans qu'ils s'en apperçuſſent? Ne devois-je pas ſavoir que les plus grands génies de l'Antiquité mêloient au petit nombre de vérités morales qu'ils connoiſſoient, des erreurs groſſieres qui les déſiguroient? Le bien-être, le plaiſir, la volupté, les égaremens, les douceurs de la vie, n'étoient-ils pas, ſelon pluſieurs de ces Maîtres ſublimes, l'unique fin & tout le bonheur de l'homme? Si quelques-uns mépriſoient les plaiſirs & cultivoient la vertu, étoit-ce par l'amour même de la vertu, ou par l'amour d'eux-mêmes, & en oppoſant un vice à un autre, en ſurmontant une paſſion par une paſſion

plus chérie & plus favorite? Connurent-
ils cette vertu pure & désintéressée,
cette vertu toute divine, qui s'élève
jusqu'à Dieu, en l'aimant, pour lui-
même comme le bien souverainement
aimable, auquel il faut tout sacrifier,
fans se laisser détourner de fon amour,
ni par l'attrait du plaifir, ni par la crainte
de la douleur & de l'adverfité, ni par
aucun motif d'intérêt? Ah! vertus fauffes & hypocrites, vertus fuperbes &
faftueufes, vertus féductrices & pleines
de dangers, enfans des vices & des ténebres, quelle énorme différence entre
vous & ces vertus, vraies, pures, gé-
néreufes, fublimes, céleftes enfin, &
toutes divines du Chriftianifme! C'eft
le témoignage que je fuis obligé de lui
rendre aujourd'hui. Hélas! pourquoi le
lui ai-je rendu fi tard?

Conduit par l'Ombre qui guidoit mes
pas au féjour de *Bayle*, j'appris de la
bouche de ce fameux Sceptique, que
j'avois tant lu, admiré, & imité, qu'il
avoit ordre de difcuter mes Ecrits fur
la tolérance. *Il ne fuffit pas*, me dit-il,
*de voir, de connoître beaucoup de chofes;
il faut en difcerner fûrement les preuves,
les rapports, pour en faifir, ou la vérité,
ou l'erreur. Voilà l'efprit pénétrant, folide,*

judicieux. Nos connoiſſances mal vues, mal combinées, loin de nous éclairer, nous ont aveuglés en nous cachant le vrai ; & nous jettant dans le Pyrrhoniſme ſur des objets eſſentiels. Il me blâma d'avoir loué ſes contradictions, en me rappellant les miennes ; & venant au point capital de l'intolérance, il me demanda pourquoi je l'avois attaqué avec tant de fureur, puiſque la vraie Religion étant néceſſairement Une, il faut qu'elle rejette toutes celles qui lui ſont oppoſées. *Et voilà l'intolérance religieuſe,* ajouta-t-il, *que nous avons confondue vous & moi, avec l'intolérance civile, afin de pouvoir imputer à l'Egliſe toutes les violences exercées, malgré ſon eſprit, qui n'eſt que douceur & charité, contre les divers Errans.... Je reconnois l'injuſtice de mes déclamations ; condamnez les vôtres. Voici le vrai. Un Prince doit appuyer la vraie Religion, & réprimer des Sectaires qui veulent la renverſer. Les empêcher de nuire ; leur ôter les privileges arrachés les armes à la main ; punir leurs ravages, leurs révoltes : rien en cela de contraire à l'équité.... Ainſi toutes vos ſorties ſanglantes contre l'intolérance de fait, n'attaquent que le droit du Trône.... Les Proteſtans une fois en force, & appuyés* par les Grands, leverent le masque, se révoltèrent contre les Souverains, livrerent des batailles, saccagerent des Villes, attenterent deux fois à la personne du Roi; delà, tant de guerres sanglantes. Elles vinrent donc principalement de la révolte des Sectaires. Les cabales, les rivalités des Grands fomenterent des guerres; & dans eux, la Religion n'en fut que le prétexte. Ainsi, quand même quelques Ministres de l'Eglise y auroient eu part, en suivant le torrent, c'est une souveraine injustice d'en rendre la Religion responsable. Bayle finit par me reprocher mon intolérance pour la seule Religion véritable, & ma tolérance à l'égard de toutes les autres, quelque bizarres & absurdes qu'elles puissent être. Reproches trop bien fondés, ainsi que tous les autres qui les ont précédés.

Eh! que peut être en effet un amas confus de connoissances superficielles, entassées pêle-mêle les unes sur les autres, & sans ordre, sans suite, sans cohérence, sinon un chaos ténébreux, dont il ne peut sortir que de noires vapeurs, uniquement propres à aveugler? Quoi de plus vrai qu'un Prince qui a le bonheur de connoître la seule Religion véritable, doit mettre au nombre de ses premiers devoirs celui de la protéger, en réprimant les téméraires qui s'efforceroient de la détruire? N'est-ce donc pas pour rendre ses Peuples heureux, que Dieu lui a mis le sceptre en main? & peut-il les conduire à la félicité, que par le chemin de la justice & de la vérité? Quoi de plus vrai encore, que l'esprit des Sectaires fut toujours un esprit d'indépendance & de révolte, tendant à introduire l'anarchie dans le monde, ce terrible fléau de la société civile? Ce qu'il y a de plus éminent, de plus auguste, de plus sacré parmi les hommes, fut-il jamais à l'abri de leurs traits? Respecterent-ils les têtes couronnées, quand ils crurent avoir lieu de s'en plaindre? Leur épargnerent-ils en aucun temps les Ecrits satyriques, flétrissans, séditieux, dans le dessein de les affoiblir, de les dépouiller de leur autorité, de les enchaîner, de les précipiter de leurs trônes? Ignore-t-on que les Protestans soutiennent, qu'après la révocation des Édits qui leur avoient été accordés, ils peuvent licitement se soulever & se joindre aux ennemis de l'Etat, en vertu du Contrat social, disent-ils, qui dégage les sujets du serment de fidélité envers les Princes qui leur manquent de parole ? Ne fait-on pas que, felon leurs principes, c'eft proprement dans le peuple que réfide la fouveraineté, contre laquelle il n'y a point de prefcription, parce qu'il eft toujours mineur ; qu'il a droit de juger fi ce que le Prince lui ordonne, eft conforme au bien public & à fes privileges ; que le Souverain qui ne gouverne pas felon les loix, eft un tyran jufticiable du peuple, dont le bonheur doit être regardé comme la loi premiere, univerfelle & fuprême, *falus populi fuprema lex efto ?* Peut-on fe diffimuler que ce ne foient les Catholiques qui ont victorieufement réfuté les plus méchans livres des Prétendus Réformés, contre la majefté & la fouveraineté des Rois, & les plus propres à exciter les révoltes de leurs fujets ? tels entr'autres que celui du fameux *Buchanan*, qui a pour titre : *Dialogus de jure regni apud Scotos* ; Ouvrage dans lequel on ofe foutenir que des Rois ne font que les fimples Officiers du peuple, qui peut toujours leur faire rendre compte de leur adminiftration, & les juger fouverainement en dernier reffort.

Je viens à mon intolérance pour la feule Religion véritable (la Catholi-

que,) & j'avoue ingénuement qu'il
m'est impossible de déplorer, comme il
doit l'être, mon étrange aveuglement
sur ce point, & de retracer avec assez
de force & d'énergie, tout ce que j'ai
dit ou écrit contre les Disciples & les
Ministres de cette Religion sainte, tant
de plates turlupinades, de railleries
bouffonnes, de contes inventés à plaisir, ou adoptés de mauvaise foi, de
conjectures hazardées, de narrations in-
fidelles & insidieusement tournées, de
chimeres réalisées, de faits créés à dessein, ou altérés & envenimés, de mensonges accrédités, de vérités obscur-
cies, embrouillées, de censures injustes, ces tissus d'injures grossieres, ces
torrens de sarcasmes, ces débordemens
de fiel & d'ordures répandus par-tout,
& jusques sur les cendres des morts,
les reliques des Saints, le Sanctuaire du
Dieu trois fois Saint. Pour ma tolérance de toutes les autres Religions :
ah, Ciel, quelle absurdité! quelle horreur! & de quels prétextes pourroit-on
les couvrir? Dira-t-on que la lumiere
naturelle est le seul guide, la seule regle qu'il faille suivre en fait de Religion? Ce seroit consacrer toutes les
abominations religieuses de tous les

peuples de l'univers, qui croient que
leurs pratiques les plus abominables &
les plus extravagantes, sont parfaitement conformes aux lumieres & à l'in-
tinct de la nature. Ce seroit supposer
que Dieu, la vérité unique, substan-
tielle, immuable, se communique im-
médiatement & d'une façon contraire,
à tous les esprits. Ce seroit se roidir
arrogamment contre les idées les plus
pures & les plus distinctes de la saine
raison, qui nous apprend qu'un Dieu
souverainement parfait, ne peut se tenir dignement honoré, que par le genre
de culte qu'il a choisi lui-même, &
qui répond à ses perfections. Ce seroit
enfin ouvrir la porte, & donner un libre essor au fanatisme le plus outré, &
à tous les délires de l'imagination la
plus fougueuse & la plus indomptable.
Oh! que je le comprends aujourd'hui,
moi, qui, fier de mes lumieres, & idolâtre de toutes mes pensées, n'ai cru rien
au dessus de mon intelligence, & me
suis jetté, par mon fol orgueil, dans
un abyme d'absurdités, d'inconséquen-
ces & de contradictions. Oh! que je
sens dans toute son étendue, la néces-
sité indispensable d'une autorité divine,
pour fixer l'esprit de l'homme sur le

culte qu'il doit rendre à l'Auteur de son être. Otez-la cette autorité toute célefte qui émane du fein de la Divinité même, & donnez-moi le plus éclairé des mortels, le génie le plus vafte, le plus profond, le plus lumineux : vous l'entendrez balburier, toutes les fois qu'il voudra parler de Dieu & de fes divins attributs, de fes droits fur l'homme, & des devoirs de l'homme envers lui. Vous le verrez incertain, flottant, voltiger d'erreur en erreur, changer à chaque inftant, penfer, réfléchir, délibérer; & toujours dans l'agitation, jamais d'accord avec lui-même, ne rien trouver qui puiffe calmer fes inquiétudes en fixant fon inconftance. Tel fut, hélas! trop long-temps mon trifte état, abandonné que j'étois à moi-même & à mes fauffes lumieres. Ah, fouvenir cruel! grand Dieu! de quelles épaiffes ténebres m'avez-vous délivré; & à quelle nuit profonde votre main fecourable m'a-t-elle enfin arraché! quel jour le rayon refplendiffant de votre grace a fait luire dans mon ame! Puiffe-t-il briller du même éclat dans toutes celles que j'ai féduites!

Bayle m'ayant quitté, après m'avoir réduit au silence, l'Ombre me conduifit à *Guillaume Penn*, chef de Quakers ou Trembleurs de la Penfylvanie, ces fanatiques fi renommés, qui s'imaginent follement qu'ils ont tous une lumiere fuffifante pour le falut, tous l'efprit de Dieu, tous une partie de la fubftance de Dieu; d'où quelques-uns d'eux inferent qu'ils font Dieu; d'autres qu'ils font au moins femblables à Dieu; & d'autres, qu'ils font le Chrift. C'eft parmi ces enthoufiaftes que *Penn* me dit en m'abordant, que s'il eût vécu de mon temps, il m'eût offert un rang diftingué. Le compliment n'étoit point flatteur; je n'y répondis que par un morne filence. *Penn* s'en apperçut, & n'en fut que plus ardent à me prouver que je méritois cette diftinction à titre de juftice; que j'avois avec eux une reffemblance fi parfaite, qu'elle emportoit elle-même la fraternité; & que cette reffemblance, la bafe de ma philofophie, confiftoit dans un enthoufiafme, une illumination de raifon; comme la bafe de fa Secte étoit un enthoufiafme, une illumination de l'efprit de Dieu, qui faifoit prendre aux freres tout ce qui leur paſſoit par la tête, pour des oracles d'en haut & des inſpirations divines.

Etourdi d'un parallele auſſi peu attendu, & frappé de ſa reſſemblance, je m'y reconnoiſſois trait pour trait : je ne ſus trop que répondre, ſi ce n'eſt que mes inſpirations étoient plus ſenſées & plus philoſophiques que celles de mes freres Penſylvaniens. Vous vous trompez, repartit *Penn* ; au milieu de leurs rêves & de leurs illuminations, nos freres débitent ſouvent des maximes très-ſages ; de même que vous, parmi quelques maximes de ſageſſe & de raiſon, vous débitez mille paradoxes abſurdes ; encore avec cette différence notable, qui n'eſt pas à votre avantage, que les freres ne racontent leurs rêves que dans leurs aſſemblées ſecretes, au-lieu que vous, vous les publiez par toute la terre. J'eus beau le prier de finir ; il me répondit fierement, qu'ayant parlé autrefois aux Princes mêmes avec une entiere liberté & le chapeau ſur la tête, un Poëte tranſplanté ne lui en impoſeroit pas, & continua à me ſoutenir fortement, que ma ſecte, & celle des Quakers ſont deux ſœurs, & qui plus eſt, il me le prouva démonſtrativement, par une longue énumération de mes Ouvrages imprimés, tels que *Micromegas*; *Candide*; *Scarmentado*; le *Caloyer*; le *Douteur*; *l'Ingénu*, &c. Il fit plus encore; feignant de vouloir me consoler du refus que me firent les Quakers de me mettre au nombre de leurs adeptes, à cause de mes blasphêmes contre la Religion, & de mes diatribes contre le prochain; il s'avisa de me dire que je rejettois tout culte extérieur comme superflu, & que j'avois parlé de la maniere la plus indécente, & du Sanctuaire, & des Saints, & de leurs reliques.

Je frémissois, je l'avoue à ma confusion, je frémissois de tant de traits accablans partis de la main d'un Quaker, & je faisois tous mes efforts pour les repousser & ensanglanter l'Ombre qui me les lançoit, lorsque j'apperçus, non sans effroi, celle de *Rousseau*, qui ajouta à mon dépit & à ma rage, en me reprochant avec horreur mes pieces impies, calomnieuses, vindicatives. J'en atteste le Ciel, ces différens traits qui me terrasserent alors sans me changer, font à ce moment la plus profonde & la plus salutaire impression dans mon ame; ils me percent du plus

vif, du plus cuifant regret; & ce qui
me furprend étonnamment, c'eſt que
j'aie pu m'endurcir juſqu'à cette heure
contre leurs pointes. Je le reconnois
donc enfin; j'ai trop donné de beaucoup à la raiſon, trop étendu les limi-
tes des lumieres naturelles, trop exhauſſé
le trône de l'entendement humain, en
abattant à ſes pieds la foi & ſes myſte-
res: & voilà mon enthouſiaſme, mon
illumination, mon Quakériſme. Même
excès touchant le culte extérieur, les
Saints & leurs reliques.

S'il eſt un Dieu, comme l'on n'en
peut douter, un Dieu incréé, & Créateur de tout ce qui exiſte, il a donc
un ſouverain domaine ſur toutes ſes créatures, l'ouvrage de ſes mains; l'homme qui tient de lui tout ce qu'il a & tout
ce qu'il eſt dans les deux parties qui le
conſtituent, la ſpirituelle & la corporelle, doit donc lui faire hommage de l'une
& de l'autre, en les lui rapportant toutes les deux comme à ſon Maître ſuprê-
me. Et voilà juſtement le double culte
religieux & la Religion toute entiere,
qui conſiſte eſſentiellement & complet-
tement dans les actes intérieurs de foi,
d'amour, de reſpect, d'adoration, de
ſoumiſſion, d'obéiſſance, de reconnoiſ-

sance, & dans les signes extérieurs &
expressifs de ces sentimens internes,
dans les mouvemens du corps qui s'u-
nit à l'ame en sa maniere, pour honorer de concert leur commun Auteur,
& l'arbitre souverain de leurs destinées:
concert, harmonie, qui forment le double culte religieux nécessairement fondé sur les rapports de Dieu, comme
Créateur avec l'homme, & sur les rapports de l'homme avec Dieu, en qualité de sa créature dans les deux parties de lui-même. L'homme doit donc
à Dieu un culte intérieur, puisqu'il est
dans l'ordre & la nature des choses
qu'un être intelligent remonte vers sa
source par des actes réfléchis de recon-
noissance & d'amour. Mais ce tribut en
entraîne un autre, loin de l'exclure, &
c'est le culte extérieur, fondé comme
le premier dans l'ordre & la nature des
choses, qui veulent que la substance
corporelle de l'homme contribue à honorer son Auteur, sous la direction du
principe intelligent qui la gouverne.
Qui ne sait d'ailleurs, qu'en vertu des
loix si admirables de l'union de l'ame
avec le corps, il ne peut se faire que
l'ame sente tout ce qu'elle doit à Dieu,
sans exprimer des sentimens qui l'affec-

tent, par les mouvemens du corps; ni
que le corps s'agite, sans que l'ame se
ressente de ses agitations, qui lui ser-
vent à augmenter sa propre activité,
& qui font qu'elle s'élance avec plus
d'impétuosité dans le sein de la Divinité? Dépendance merveilleuse & vraiment ineffable de ces deux substances si
disparates, & cependant si étroitement
unies ensemble! Qui ne fait aussi que
le propre du culte extérieur est d'aider
l'intérieur, de réveiller l'attention, d'exciter des sentimens de foi, d'espérance, d'amour; de réunir les Croyans, &
de les distinguer des Infideles par la pro-
fession publique des mêmes dogmes,
& la pratique des mêmes rites? Je n'y
pensois donc pas, & je rêvois avec les
Quakers, lorsque je décriois hardiment
le culte extérieur comme arbitraire,
inutile, superflu, & trop grossier, trop
borné dans sa nature, pour plaire à
l'Etre infini. Aveugle que j'étois! je ne
voyois donc pas les nœuds étroits qui
attachent toutes les créatures au Créateur, ni les rapports mutuels de l'ou-
vrier & de l'ouvrage. Je les vois à cet
instant que la Religion m'a dessillé les
yeux par ses salutaires clartés, & je
conçois, que sans avoir besoin de no-

tre culte, parce qu'il se suffit à lui-même, l'Etre infini l'exige comme nécessaire, & l'agrée comme suffisant; parce
qu'il veut bien s'en contenter, quoiqu'il
n'ait pas de justes proportions avec sa
suprême Majesté.

Il est donc nécessaire d'honorer Dieu
d'un double culte, & utile d'honorer
les Saints, quoique d'une maniere bien
différente. On les honore comme les
amis de Dieu, qui tiennent de sa li-
béralité tout ce qu'ils ont d'excellence,
de graces & de pouvoirs. L'honneur
qu'on leur rend, remonte donc comme
de lui-même à Dieu, le premier principe, la source suprême de leur sainteté
précaire; & c'est proprement lui qu'on
honore dans ses Saints, puisqu'ils ne
sont honorables que par le rejaillisse-
ment de sa sainteté en eux. Voilà ce
qui justifie, aux yeux mêmes de la
droite raison, & les prieres qu'on leur
adresse, & les respects qu'on rend à
leurs reliques & à leurs images. S'ils
sont les amis de Dieu, pourquoi n'au-
roient-ils pas égard à leurs intercessions
pour nous? S'ils l'ont servi fidélement
sur la terre, jusqu'à donner gaiement
leur vie en mourant au milieu des plus
cruels supplices pour les intérêts de sa
gloire,

gloire, pourquoi seroit-il défendu de
vénérer la cendre & les images de ces
immortels héros, si dignes de nos ad-
mirations & de notre encens, par l'intré-
pidité de leur courage plus qu'humain?
Les hommages qu'on porte aux pieds
de leurs chasses ou de leurs statues, ne
s'élevent-ils pas avec l'encens des prieres qu'on leur adresse, jusqu'aux proto-
types qu'elles représentent, & des pro-
totypes à la Divinité même, comme au
centre universel où viennent aboutir
& se terminer tous les genres du culte
religieux que l'Eglise rend aux Saints?
C'est ce qu'elle enseigne à ses enfans,
& la justice que je dois lui rendre, pour
réparer tant de fades & indécentes railleries, que je me suis malheureusement
permises sur le culte des Saints.

L'Ombre, ma conductrice, me me-
nant par un senter charmant, que les
fleurs & la verdure embellissoient, &
me montrant le séjour enchanté de *Bos-*
suet, prenez bien garde, me dit-elle,
ne répondez, ne parlez à ce grand homme, qu'avec un profond respect. Il me
l'inspira par sa présence, & commença
par m'entreprendre sur mon *Essai sur*
l'Histoire générale, en me disant que j'a-
vois *altéré ou changé les faits, usé d'une*

C

partialité inouïe, jugé les Peuples, & sur-
tout ma Nation, avec un aigre mépris, &
sans égard, sans respect, sans justesse; op-
primé tous les Princes religieux, en leur
préférant des Apostats; envenimé, déna-
turé les faits; copié les Historiens passion-
nés, de préférence aux véridiques; avi-
li, déchiré l'Eglise pour n'en faire qu'une
secte de politique & de passions; exagéré
les écarts, étalé les foiblesses; tû les ver-
tus de ses Ministres; imputé à la Religion
les cruautés des Conquérans du Nouveau
Monde qu'elle détesta toujours. Il me reprocha aussi de n'avoir été, ni *Chrétien,*
ni *Catholique,* malgré mes protestations du
contraire à tant de *Libraires* que j'ai trompés; & d'avoir attaqué les *Evêques,* les
Conciles, la *Confession,* &c. Il finit en
m'assurant que mon prétendu *chef-d'œu-*
vre d'Histoire seroit jugé au *Temple de la*
vérité, comme la détraction la plus amere
de *l'Eglise du Dieu vivant.*

J'y suis entré, depuis mon retour des
Ombres, pour la premiere fois de ma
vie, dans le Temple auguste de la vérité. J'y ai vu, non sans une admiration
mêlée de terreur, cette Reine ingénue, ferme, inexorable, inflexible, qui
m'a prononcé mon arrêt. J'y souscris, je
l'exécute en faisant amende honorable à

Dieu, à l'Eglise, à ses Ministres, à tous les Rois Chrétiens, ses Enfans & ses Protecteurs; mais sur-tout à ses Fils aînés, les Rois de France, que j'ai méchamment dénigrés, calomniés autant & plus que les autres Potentats. Quelle fut donc ma manie, en me donnant pour Historien & Historien universel, de renverser tous les fondemens de l'Histoire? Etoit-ce en créant des faits ou en les altérant, en les transformant, en les envenimant, que je pouvois me flatter de parvenir à la gloire d'un bon Historien, dont la probité, la fidélité, la vérité, l'impartialité sont les premiers caracteres?

Je n'en ai eu aucun de ces précieux caracteres, & je les ai enviés bassement à ceux qui les possédoient dans le souverain degré. Non, je n'ai pas rougi de dire que le Discours du grand *Bossuet* sur l'Histoire universelle, *n'est qu'une éloquente déclamation qui peut éblouir un jeune Prince, mais qui contente peu les Savans,* moi qui avois dit auparavant, dans mon Siecle de Louis XIV, que ce même discours *n'a eu ni modeles ni imitateurs, mais seulement des admirateurs.* Je m'en tiens à mon premier jugement, & j'avoue, à ma honte, que j'ai trop

mérité tous les reproches que me fit *Bof-
fuet*, dans l'entretien qu'il daigna m'ac-
corder pour mon instruction. Je les mérite spécialement, au fujet des Princes
Chrétiens, dont j'ai fait les plus infideles
portraits ; au fujet des Conciles, dont
j'ai très-mal parlé ; au fujet de la Con-
feffion facramentelle, dont j'ai fixé l'é-
poque au fixieme ou feptieme fiecle,
tandis que je favois qu'elle eft d'inftitu-
tion divine, & que *Tertullien*, qui vi-
voit au fecond fiecle, en parle très-di-
fertement. Je reconnois la célefte ori-
gine de ce faint établiffement, l'ufage
conftant que les Chrétiens en ont fait
depuis le berceau de l'Eglife, fon excellence, fa néceffité, fes avantages, &
fon admirable vertu pour arrêter les crimes ou les expier, & réconcilier les
coupables avec Dieu. C'eft fur le faint
ufage que je fuis réfolu d'en faire, que je
fonde tout l'efpoir de mon falut, per-
fuadé que la Juftice divine ne pourra
tenir contre le fpectacle d'un pécheur
humilié, confus, percé de regret, fon-
dant en larmes, profterné aux pieds
d'un Prêtre, pour lui développer trifte-
ment tous les replis de fon ame gangre-
née, & déployer fous fes yeux l'horrible tiffu, qui n'a fait de ma vie toute

entiere, qu'une longue chaîne de crimes,

Du féjour de *Bossuet*, on me conduifit; qui l'eût pensé? on me conduifit bien malgré moi, à celui de *Machiavel. Bossuet* & *Machiavel!* quels rapports entre ces deux hommes? N'importe, je fus conduit à *Machiavel*, qui débuta par me dire que ma politique étoit plus condamnable que la sienne, puisqu'il n'avoit pas accusé les Chrétiens d'être mauvais patriotes, tandis que je n'ai cessé de les battre de ce côté-là, en leur préférant les Païens. Il me dit ensuite, qu'il avoit *jugé la Religion, nonseulement utile, mais nécessaire à la société;* tandis que moi, *je n'avois estimé que les vertus humaines, ni loué dans les Princes que les exploits & les talens, me moquant des Princes pieux;* & conclut que *sa politique fut plus patriotique, plus religieuse, plus sensée que la mienne. Même inculpation au sujet de mes maximes sur la liberté des peuples, & du pouvoir monarchique que j'ai traité de servitude, prodiguant des éloges à tous les Républiquains, & posant par-tout des principes très-propres à exciter des séditions, & à faire renverser tout à la fois les Autels, les Trônes & les Tribunaux.*

Il me seroit impossible de le cacher,

quand je le voudrois, mes Ecrits dé-
poferoient contre moi, en préfentant à
tous mes Lecteurs cet efprit d'indépendance, de liberté, de révolte contre
les deux Puiffances, qui perce dans
toutes mes productions. Quelle fureur !
& que j'en fens bien l'énormité ! En
difputant à la Religion Chrétienne fon
patriotifme, je n'ai fait que la calomnier à pure perte ; elle qui ne recom-
mande rien tant que l'amour du prochain, de la patrie, du bien public,
aux dépens mêmes du propre intérêt
& de toutes les incommodités perfon-
nelles, dont elle exige le facrifice,
quand il s'agit du fervice de la fociété,
ou des membres qui la compofent ; l'a-
mour de foi-même, fans celle immolé
à celui des autres, & l'intérêt particulier, toujours fubordonné à l'intérêt
général ; le zele du bien commun, le
renoncement généreux au bien-être
propre, en faveur des autres ; une charité univerfelle & dominante qui em-
braffe tous les hommes fans aucune ex-
ception, & qui rend à chacun d'eux
tout ce qui lui appartient, & qui ou-
blie fes droits les plus inconteftables
pour leur utilité : tel eft l'efprit du
Chriftianifme, fi différent de ma fédi-

tieuse politique, qui ne prêche que l'é-
goïsme, l'anarchie, l'indépendance, en
brisant d'une main hardie le sceptre &
la balance dans les mains des Rois, des
Pontifes & des Magistrats, en relâchant
tous les liens qui attachent les hommes
les uns aux autres, en bouleversant tous
les Etats, & en soufflant avec le feu
de la discorde, l'esprit républicain dans
toutes les Monarchies.

Pourquoi faut-il que j'aie rendu si
peu de justice à la Religion Chrétienne?
Ah! je le reconnois enfin, elle seule
peut former de vrais Citoyens animés
d'un zele pur pour le bien public; &
sans son influence, le monde ne sera
peuplé que de vils Egoïstes, dominés
par leurs intérêts, & sacrileges idolâtres d'eux-mêmes, tyrans, barbares,
toujours prêts à se baigner dans le sang
de leurs semblables, plutôt que de re-
noncer à l'ambition de commander, au
desir de primer & de l'emporter sur les
autres, à la gêne insupportable qu'une
délicatesse excessive leur fait trouver à
souffrir la moindre peine, ou à se pri-
ver du plus léger plaisir. O Religion
sainte! toi qui ne prêches que la bienfaisance, la fraternité, la charité, l'a-
mour du prochain & du bien public;

toi, dont tous les principes, les préceptes & les conseils ont une liaison si étroite & si nécessaire avec le repos & le bonheur du genre-humain : ai-je bien pu te calomnier, en te prêtant des maximes toutes contraires ?

Je ne parlerai pas de la rencontre que je fis de l'Abbé *Desfontaines* qui me rappella, en passant, mes torts envers lui ; mais d'une façon si douce & si ingénieuse, que j'y aurois mis le comble, si j'avois pu me fâcher. Je vais droit à *Racine*, auquel je fus conduit. Je me flattois d'une heure de la conversation la plus délicieuse avec ce grand Poëte ; je me trompai. Peu sensible au compliment que je lui fis sur la beauté de ses Ouvrages, il m'entretint du vrai motif de ses brouilleries avec MM. de Port-Royal ; & se donnant tort à lui-même, il me dit, sans détour, qu'il avoit bien mérité le titre d'*empoisonneur public*, & que je le méritois encore mieux que lui. Car enfin, poursuivit-il, *je n'ai fait que des Pieces de théâtre où je ne blessai jamais la décence & la Religion. Et vous, dans cent Ouvrages, vous avez semé des principes funestes, propres à détruire & la Religion & les mœurs.*

Je le sais, je le confesse, la voix des

remords me l'ordonne. Inutilement me suis-je efforcé, comme tant d'autres, de faire passer le théâtre pour le temple du goût, l'école des mœurs, le sanctuaire de la vertu; il en est le poison funeste. Avoir des mœurs, être vertueux, c'est éviter soigneusement tous les crimes, gourmander tous les vices, maîtriser toutes les passions déréglées, cultiver toutes les vertus, l'innocence, la pureté, la modestie, la simplicité, l'humilité, la tempérance, la bonne foi, la probité; le pardon des injures, la charité universelle, qui lie tous les hommes ensemble par la chaîne de l'amour mutuel, & des bienfaits de toute espece. Le Théâtre nourrit tous les vices; il éteint ou engourdit toutes les vertus; il remue, excite, enflamme toutes les passions, l'orgueil, la vanité, l'avarice, l'ambition, la colere, la vengeance, l'amour profane, le plaisir, la volupté. Voilà les leçons & les effets naturels du théâtre. Quelle école! & à quoi ne conduit-il pas? Je le savois; & je n'en fus pas moins ardent à cultiver un art dont tout le but est d'altérer toutes les idées de religion, de raison, d'innocence, de vertu; d'infecter les mœurs, de faire germer & de

nourrir les vices, de pallier, de justifier, d'ennoblir les paſſions les plus
baſſes & les plus honteuſes, en leur
donnant un faux air de décence, d'é-
lévation & de grandeur, de conſacrer
toutes les erreurs, d'excuſer toutes les
foibleſſes de l'homme, en lui ôtant
toute ſon énergie, & en lui faiſant ſub-
ſtituer à ſes devoirs eſſentiels, des amu-
ſemens frivoles & dangereux. J'ai culti-
vé cet art perfide, & je n'y ai malheureuſement que trop réuſſi. Combien
donc me ſuis-je rendu coupable, &
combien ai-je fait commettre de crimes! Ils ſont innombrables; & plus je
les conſidere, plus je ſens croître mes
regrets, s'enfoncer le trait de ma douleur, s'enflammer mon courroux & mon
indignation contre moi-même. Maudits
ſoient à jamais & les ſpectacles, & les
théâtres, & toutes mes productions
théâtrales, qui raſſemblent à la fois tant
de principes de licence & de corruption!

A peine eus-je quitté *Racine*, que je
me trouvai près d'*Arnaud de Breſce*,
ce fameux perturbateur du repos public, qui fut brûlé à Rome l'an 1155,
pour ſes Ecrits ſéditieux, & ſes déclamations contre le Gouvernement. Il me

fit voir que j'avois suivi sa marche, en me déchaînant sans cesse comme lui, contre les Ministres de la Religion, en les ridiculisant, en les noircissant, en les calomniant. Il me démontra que, comme lui encore, j'avois flatté les intérêts des Grands, en les excitant à s'emparer des richesses du Clergé; & ne craignit pas de me faire entendre bien clairement que j'avois mérité son supplice. Je frémis alors du parallele : mais à ce moment que mes yeux sont dessillés, & que je vois la vérité dans tout son jour, je suis forcé de convenir qu'*Arnaud* avoit raison, puisqu'enfin mes maximes sur l'égalité des hommes, leur liberté, le pouvoir qu'ils ont de donner ou d'ôter les Empires, sont infiniment plus dangereuses que les forfaits d'un séditieux & d'un meurtrier. Qu'un scélérat égorge quelques Citoyens, ou qu'il les souleve contre le Prince; on pend le meurtrier & les plus échauffés des mutins; & cela finit là. Il n'en est pas de même des maximes répandues dans mes différens Ecrits. Elles ne visent à rien moins qu'à sapper par le fondement toutes les Puissances souveraines, sous le spécieux prétexte qu'elles sont injustes, despoti-

ques, tyranniques, deftructives de l'é-
galité que la nature a mife entre les
hommes. Elles ne font propres qu'à
fouffler fyftématiquement l'efprit d'indépendance, & à le graver dans tous
les cœurs. Elles vont droit à faire des
rebelles & des féditieux par principes.
En les femant avec profufion dans mes
Ouvrages, ces maximes infiniment con-
tagieufes, j'ai donc armé, autant que
j'ai pu, les fujets contre les Souverains,
& je me fuis rendu coupable de toutes
les fcenes fanglantes, de tous les attentats qu'elles ont enfantés, & qu'elles en-
fanteront jufques à la fin des fiecles. O
Dieu! quel point de vue! qu'il eft horrible! Il me défefpéreroit, fi l'amertume de ma contrition n'égaloit l'é-
normité de mon crime, & fi l'horrible aveu d'avoir mérité toute la rigueur
des loix de la juftice humaine, ne me
raffuroit contre les foudres de celle de
Dieu. Je l'avoue donc, la rougeur fur
le front, mes maximes féditieufes m'ont
rendu digne du dernier fupplice; & ce
n'eft que par la rétractation publique
que j'en fais, qu'après avoir évité les
feux de la terre, j'efpere encore pré-
venir ceux de l'enfer, que j'ai bravés
tant de fois.

Aristophanes, ce grand Poëte d'Athenes, que je visitai en quittant *Arnaud
de Brèsce*, me flatta d'abord par les rapports singuliers qu'il m'assura qu'il avoit
toujours apperçus entre lui & moi. Mais
bientôt, sur les traces des Ombres qui
l'avoient précédé, il se mit à me dire
des choses humiliantes, tant sur la maniere dont quelques-uns de mes amis
m'ont élevé, par la voie de la souscrip-
tion, une statue qui est encore dans
l'attelier de l'Artiste, que sur cent de
mes Pieces, ou railleuses & bouffonnes, ou mordantes & caustiques, ou
ameres à l'égard de tous les hommes
chrétiens & vertueux, & pleines d'un
fiel qui décele une conjuration formée
contre le Christianisme ; conjuration,
m'ajouta-t-il, dont vous êtes l'ame &
le chef ; conjuration qui n'a pour toute
arme que des traits également faux, ca-
lomnieux, injurieux & turlupins ; comme si c'étoit à force de mensonges
& d'arlequinades, qu'on pût se pro-
mettre sensément de faire disparoître
la Religion & la vérité de dessus la
terre.

Rien de plus vrai que cette conjuration, qui s'est si fort accrue depuis
un demi-siecle par mes soins conti-

nuels & mes efforts affidus. Il n'eft rien
que je n'aie mis en œuvre, & par moi-
même, & par mes partifans, pour fou-
lever toute la terre contre le Chriftianifme, en le peignant, foit de vive
voix, foit par écrit, & en profe & en
vers, fous les couleurs les plus odieu-
fes & les plus propres à lui attirer la
haine & le mépris. Une foule de conju-
rés m'ont fervi à propos comme leur
chef, en répandant & en prônant mes
Ouvrages avec une ardeur incroyable.
Et dela en partie les fuccès prodigieux
qu'ils ont eu ; je dis en partie, car le
refte eft dû à l'art qui m'eft propre d'é-
blouir mes Lecteurs par les graces bril-
lantes de mon ftyle ; de les attacher par
la variété des objets amufans que je leur
préfente ; & fur-tout de les fubjuguer
en flattant leurs paffions, en excufant
leurs foibleffes, en canonifant leurs
vices, en raillant la Religion qui les
condamne, & en n'oubliant rien pour
la rendre odieufe ou ridicule. C'eft, je
le dis en gémiffant, ce qui domine
dans tous mes Ecrits. Je n'en citerai
que deux à ma confufion, parce qu'ils
font des derniers, & que l'abjuration
folemnelle que j'en vais faire, me fer-
vira fans doute à obtenir plus facile-

ment mon pardon, en enfonçant de plus en plus dans mon ame humiliée, les traits de la douleur que je ressens de leur avoir donné le jour.

Le premier des deux est cette misérable *Diatribe à l'Auteur des Ephémérides*, dans laquelle, après avoir attaqué l'administration & la forme du Gouvernement de tous nos Rois, je m'écrie *que c'est à un Païen & à un Huguenot que nous devons les seuls beaux jours dont nous ayons jamais joui jusqu'au siecle de Louis XIV*, pour me jetter tout de suite sur la Religion & sur ses Ministres, auxquels j'impute calomnieusement les troubles, dont je n'aurois dû chercher la cause que dans mes propres Ecrits, qui ont porté par-tout avec eux l'esprit de révolte & de haine contre les Puissances : telle est, entre tant d'autres sorties de mes mains, cette licencieuse brochure, que les Juges qui l'ont si justement, hélas ! trop doucement flétrie, qualifient avec raison, *de satyre aussi méprisable que fanatique, impie, ennemie de l'Autel & du Trône, de la majesté divine & de la majesté royale, pleine d'ironies aussi affectées que criminelles, contre la Magistrature & le Clergé ; n'offrant enfin qu'un tissu de propositions* auffi déplacées que fcandaleufes, & qui n'ont peut-être, d'autre but que d'exci- ter dans les efprits une nouvelle fermen- tation.

Le fecond Ouvrage qui fait le fu- jet de mes gémiffemens, a pour titre, *Théologie portative*, ou *Dictionnaire abré- gé de la Religion Chrétienne, par l'Abbé Bernier, Licencié en Théologie.* C'est cet Ouvrage même dont le Parlement de Paris, par fon Arrêt du 16 Février de l'année 1776, a condamné la feconde édition publiée la même année, à être lacérée & brûlée. Le célebre Avocat- Général qui a dénoncé cette produc- tion à la Juftice, a déclaré hautement qu'il étoit dans l'impuiffance de *la ca- ractérifer, faute de trouver des expreffions affez fortes pour peindre un libelle qui reproduit en abrégé tout ce qui a été dit dans tous les fiecles contre la Divinité de Jefus-Chrift, contre la morale de l'Evan- gile, contre l'authenticité des Livres faints, contre la réalité de la miffion & la fain- teté du caractere des Miniftres de l'Eglife, en dénaturant toutes les idées, en fubfti- tuant la Fable à l'Hiftoire, en employant avec effronterie les obfcénités les plus in- fames, & tout ce que la haine de notre Re- ligion fainte a pu inventer de plus odieux pour la renverser, tout ce que l'impiété la plus méthodique a pu raſſembler pour en ſapper les fondemens, tout ce que le paganiſme, l'athéiſme & l'héréſie ont pu imaginer de plus faux, de plus révoltant, de plus affreux.*

Ces expreſſions paroiſſent fortes; elles ne le ſont point aſſez. Non, il n'eſt pas poſſible de repréſenter au naturel, tout ce que ma noire & profonde malice, jointe à mon irréligion, trop malheureuſement féconde, m'a fait réunir d'impiétés, de blaſphêmes exécrables, d'ordures, d'immondices & d'obſcénités révoltantes dans ce cloaque dégoûtant, qui n'eſt propre qu'à éteindre dans tous les cœurs tous les ſentimens religieux & honnêtes, en y faiſant germer tous les vices de la Philoſophie Epicurienne, qui place le ſouverain bonheur de l'homme dans une ſuite d'inſtans voluptueux, & la jouiſſance actuelle des plaiſirs des ſens, quelque honteux qu'ils puiſſent être. O ! comment la penſée toute ſeule de tant d'abominations ne m'a-t-elle point fait friſſonner d'horreur ? comment ai-je eu le courage de les tracer ſur le papier ? Ah ! pourquoi ma main, mon infame main, n'a-t-elle point été deſſéchée en prenant la plume

pour écrire ? Ah! plût à Dieu! je n'aurois pas diftillé mille poifons dans l'ame
de mes freres ; je ne leur aurois point
plongé le poignard dans le fein ; je ne
les euffe pas fait mourir, hélas! pour
une éternité. O crime! ô attentat! Ai-
je donc pu m'y porter de fang froid?
& fi la Religion fainte, que j'ai fucée
avec le lait, n'étoit pas affez forte pour
me retenir, la raifon, l'humanité, ne
devoient-elles pas fuffire pour cela?
O folie! ô fureur! Ah monftre que j'é-
tois! Puiffe le Dieu terrible ne pas
me traiter dans toute la rigueur de fa
juftice!

La crainte dont je fuis pénétré, me
laiffe à peine la force de raconter foi-
blement ma converfation avec *Rabelais*,
ce fameux Prothée, qui fut fucceffive-
ment Cordelier, Bénédictin, Chanoine,
Médecin, & enfin Curé de Meudon.
,, On m'a affuré, me dit-il, que vos
,, huit Lettres écrites à une Adreffe fup-
,, pofée, pour lui donner la notice &
,, la clef de mes Ouvrages, avec l'ex-
,, trait de plufieurs Lettres impies, ne
,, tendoient qu'à en perpétuer le fouve-
,, nir, à en infpirer le goût; que le ter-
,, me, *notre fainte Religion*, n'étoit placé
,, là, comme en bien d'autres endroits

„ de vos Ecrits, que par ironie; que
„ vous n'étiez ni moins satyrique, ni
„ moins jovial & moins facétieux, ni
„ moins licencieux que moi. Que vous
„ avez poussé bien plus loin l'impiété
„ de la dérision de l'Ecriture, l'audace
„ de la critique; & que ce qui met
„ entre vous & moi un intervalle im-
„ mense, mais qui n'est point à votre
„ avantage, c'est que vous avez donné
„ pour autant de leçons d'une sagesse
„ vraiment philosophique, les apoph-
„ tegmes impurs, licencieux, qui salis-
„ sent tous vos Ouvrages. „

Rien de plus mortifiant sans doute,
qu'une pareille censure de la part d'un
Rabelais, & cependant rien de plus
juste. J'ai enchéri de beaucoup, je le
dis à ma honte & à ma confusion, j'ai
enchéri de beaucoup sur ses sotises &
ses impertinences, ses ordures & ses
indécences, l'injustice & l'âcreté de ses
satyres, la licence de son style, l'obs-
cénité de ses romans & de ses contes bouffons, l'atrocité de ses railleries
blasphématoires, des divines Ecritures. Voilà ce qui me couvre d'opprobre, & m'accable de douleur. Quel fut
donc mon aveuglement! Etoit-ce en ou-
trageant la vérité, en corrompant les

mœurs, en infultant Dieu & les hommes, que je pouvois me flatter d'ac-
quérir des droits bien mérités fur les
glorieux titres de Sage, de Philofophe,
de Bienfaiteur de l'humanité, de Précepteur du genre-humain ? Ne devois-
je pas voir que c'eft une injuftice pleine
de folie, que de cenfurer le Créateur
& fes ouvrages, puifqu'il eft de l'effence d'un efprit borné de n'en pouvoir comprendre ni la nature, ni l'é-
conomie, ni les deffeins, ni les rapports, ni le langage, ni aucune de fes
perfections ? Pouvois-je ignorer que
pour porter un jugement fain & équi-
table, il faut poffeder à fond les matieres dont on veut juger ? Cela ne fuffit pas encore, non ; les connoiffances
étendues, approfondies, le goût fûr,
le talent de bien écrire, ne forment pas
feuls le jufte eftimateur des chofes & des
perfonnes. Il lui faut indifpenfablement
toutes les qualités du cœur, la bonne
foi, l'équité, la probité, le défintéreffe-
ment, l'impartialité, un grand amour de
la vérité, l'exemption de tous les préjugés, de tous les vices, de toutes les paffions, fur-tout de l'orgueil, de l'envie,
de la rivalité, de l'ambition littéraire. Et
ce font ces qualités effentielles dont j'ai

été, par ma faute, entièrement dépour-
vu. Et ce sont ces vices & ces passions
qui ont gâté mon cœur, infecté tous
mes Ecrits, corrompu tous mes jugemens. Parce que le Dieu infiniment
saint, infiniment pur des Chrétiens,
condamne ma liberté cynique & mes
obscénités révoltantes, j'ai conçu pour
lui & pour le Christianisme une haine
implacable, qui m'a porté à les outrager
perpétuellement, à les railler, à les ridiculiser, à les exterminer si je l'eusse
pu, sans qu'il en restât le moindre ves-
tige. Plein d'un amour propre exclusif,
& tout bouffi d'orgueil, ces deux sour-
ces empoisonnées de tous les crimes &
de toutes les erreurs, j'ai cru follement que je pouvois tout par ma propre énergie, jusqu'à me faire adorer
comme le Dieu des Arts & des Sciences, ou du moins comme l'homme
universel, & l'unique précepteur en
chef du genre-humain, le seul Roi dans
l'empire des Lettres, le seul arbitre suprême des talens, le seul juge du mérite. Et delà, cette excessive délicatesse, cette sensibilité extrême, quand
on osoit me blâmer, ou seulement ne
pas me louer à mon gré. Delà cette
basse jalousie à l'égard de tous mes ri-

vaux ; cette noire & turbulente envie, toujours appliquée à troubler infatigablement le repos de ceux qui m'ont fait ombrage, fans refpecter ni les vivans fur le trône de la gloire qui les environne, ni les morts fous la tombe qui les couvre. Delà, contre les uns ou les autres, tant de contes puériles, d'anecdotes fcandaleufes, de cenfures chagrines & pleines d'amertumes, de fatyres atroces, d'ingratitudes, de perfidies, de maneges horribles par leur noirceur. Je l'avois dit dans quelques-uns de mes Ouvrages, & je ne l'ai que trop vérifié par mon exemple : l'amour-propre eft un ballon plein de vent, qu'on ne fauroit piquer, fans qu'il en forte des tempêtes. Puis donc qu'il a été le principe malheureufement fécond de tous mes écarts & de tous mes crimes, il doit être le premier & principal objet de ma douleur & de mes fanglots. Ah ! c'eft lui auffi que je détefte, principalement avec fes fuites affreufes ; c'eft lui dont j'abhorre le caractere, l'injuftice, les machinations profondes, les menées ténébreufes, les viles refforts, la cruauté & tous les barbares ravages. C'eft ce fléau du genre-humain que je charge de toutes mes malédictions, & auquel je déclare une guerre irréconciliable. C'est ce cruel ennemi de Dieu & des hommes, qui m'a fait commettre tant d'horreurs, que je veux percer de mille traits, pour réparer, s'il est possible, tous les maux que j'ai commis par sa maudite impulsion. Humilité ; vertu sublime, vertu céleste ! viens soutenir mon courage, & porter les premiers coups à ce monstre infernal de l'orgueil, dont je me suis rendu l'esclave. Apprends-moi efficacement à m'évaluer moi-même, en me montrant tout ce que je vaux dans le néant dont je suis tiré, dans le péché qui accompagna ma conception & ma naissance, dans les miseres qui m'environnent, dans les crimes sans nombre que j'ai commis & fait commettre aux autres, dans les passions d'ignominie auxquelles je me suis honteusement abandonné, dans la mort qui va couper le fil de ma vie, & que je sens s'avancer à pas lents dans mes membres glacés. En me faisant remonter sans cesse à la source sacrée de tout ce que je puis avoir de bon, apprends-moi que je n'ai de moi-même & de mon fonds corrompu que le mensonge, l'impuissance, le péché, triste

apanage de mon être vicié, & si propre à me confondre. Qu'au rayon de
tes clartés, je disparoisse à mes yeux ;
ou que si je m'apperçois encore, ce ne
soit que comme un vil amas de fange
& de pourriture, un cadavre infect,
un spectre hideux, un abyme de miseres, un vuide épouvantable, un néant
universel. Que ne voyant en moi qu'un
objet odieux & souverainement méprisable, je fasse mes délices des plus hu-
milians mépris, pour éviter l'opprobre
éternel qui s'apprête à sillonner mon
front pour ne plus le quitter, si je n'ai-
me à reposer tranquillement, le reste
de mes jours, dans le sein de l'humilia-
tion même.

J'y suis résolu ; & c'est pour exécuter
ce bon propos, que je vais rapporter
avec tout le sentiment d'une salutaire
confusion, les choses humiliantes qui me
furent dites par quelques Ombres illus-
tres que je trouvai sur ma route, en allant chercher *Julien l'Apostat*. *Bourda-
loue* me dit donc que j'étois un impie,
pour avoir outragé la morale de la Religion qu'il avoit annoncée. *Petau*, que
j'avois eu la manie de donner pour Histoire universelle, des Essais décousus,
pleins de partialité. D'*Aguesseau*, que
j'étois

j'étois bien osé de paroître devant lui, moi petit Philosophe, qui, sans rien connoître, ni dans les Loix, ni dans le Gouvernement, avois voulu brouiller toutes les idées ; *Ovide*, que j'avois mieux mérité mes disgraces par mon imprudence & mes Poésies licencieuses, qu'il n'avoit mérité les siennes ; *Balzac*, que mes Ecrits ne me placeroient jamais, ni dans le rang des génies, ni dans celui des véritablement grands hommes ; *Dacier*, que si j'avois mieux su le Grec & l'Hébreu, je n'aurois pas eu le désagrément de voir relever mes méprises & mes solécismes dans divers Ouvrages très-savans. J'arrivai chez *Julien*, en crevant de dépit, je le confesse à ma honte, pour tant de choses vraies, mais infiniment désagréables, que je m'étois vu forcé d'entendre.

L'Empereur *Julien*, surnommé *l'Apostat*, pour avoir abandonné la Religion Chrétienne, dans le dessein de relever le Paganisme expirant, ce Prince Philosophe, qui l'eut cru ? ne me traita pas plus favorablement que les autres Ombres, quoique j'eusse vengé sa gloire outragée avec un zele éclatant. Il accusa de dol & de tromperie mes éloges les plus sinceres ; il rejetta le titre de Philosophe, pour s'être livré à une fausse & folle philosophie ; ne donna ses Ecrits, que pour des productions vaines & frivoles ; ne me peignit sa conduite, depuis son avénement au Trône, que comme une suite de démarches imprudentes qui devoient nécessairement entraîner la ruine de l'Empire ; blâma son apostasie en foudroyant les raisons par lesquelles j'avois voulu le justifier ; me certifia la vérité du miracle qui l'avoit empêché de rebâtir le Temple de Jérusalem, pour démentir les prophéties ; m'assura que quoiqu'il n'eût pas fait l'Edit général de persécution contre les Chrétiens, son regne, qui ne fut que de vingt mois, ne laissa pas de produire une multitude de Martyrs par la fureur des persécutions particulieres, & la cruelle politique des Magistrats, qui, pour lui plaire, ranimoient les anciennes loix, se moquant de la chimere du systême philosophique, à la faveur duquel j'avois voulu spiritualiser & anéantir l'idolâtrie, en rapportant à l'Auteur même de la nature le culte que les idolâtres rendoient aux créatures ; dédaigna tous mes éloges comme contraires au bon

sens & à la raison; me rappella les sacrifices humains par lesquels il cher-
choit à découvrir l'avenir, en fouillant
dans les entrailles des hommes; & finit
par me dire qu'en justifiant son apostasie, j'avois plaidé ma propre cause. Il
dit, & disparut, en me laissant dans
la plus noire & la plus cruelle agitation de voir que les Ombres mêmes
les plus augustes, & que j'avois le plus
préconisées, étoient les plus ardentes
à me dire franchement des vérités mor-
tifiantes, ou plutôt à me percer de mille
& mille traits aussi douloureux qu'accablans.

Mais, que j'ai bien changé de dispo-
sition aujourd'hui, que le rayon de la
vérité m'a fait sortir de mon état d'a-
veuglement, en dissipant le nuage épais
qui me déroboit sa lumiere! Je l'atteste
donc hautement, & dans toute la sin-
cérité de mon ame pénitente & contrite; je n'ai, hélas! que trop de traits
de ressemblance avec le fameux Prince
apostat, qui réunit dans sa personne
les qualités contradictoires qui lui mé-
riterent & les éloges qu'on lui prodi-
gua, & les censures qu'on lui fit es-
suyer. Comme lui je fus élevé dans les
principes du Christianisme, avec cette

différence néanmoins qu'on ne dit pas que les premiers Instituteurs de *Julien* aient eu à gémir de l'indocilité de leur Eleve ; au-lieu que je contristai mon tendre & vertueux pere, lorsque je bégayois encore ; l'irréligion & le vice ayant éclaté en moi avec mon génie précoce. Envoyé à Athenes pour s'y perfectionner dans les Sciences, *Julien* y connut *Grégoire de Nazianze*, qui prévit tous les maux qu'il feroit à l'Eglise. Envoyé au College de *Louis-le-Grand* pour y faire mes études, mon Professeur d'éloquence me prédit que je serois l'*étendard de l'incrédulité*, & tous les coups par conséquent que je porterois à la Foi, & que les autres lui porteroient sous mes drapeaux. *Julien* prit pour maîtres *Maxime* & *Chrysante*, ces Philosophes hardis, audacieux, téméraires, d'une curiosité sans frein, d'une licence & d'une impiété sans bornes. Après m'être associé avec les plus libertins du College, je me liai, en le quittant, avec les plus fameux Incrédules de Paris. *Chaulieu*, ce Poëte Epicurien, qui chanta les plaisirs jusques sur le bord de sa tombe, & ses compagnons de débauche, furent mes plus intimes amis. Follement épris de la qualité de Philosophe, *Julien* ne rougit pas d'en substituer le maussade accoutrement à l'éclat majestueux des ornemens Impériaux, & remplit ses Palais de Sophistes de toute espece. Je n'ai point fait la sottise, il est vrai, de prendre la barbe & le manteau des anciens Philosophes; un pareil ajustement, si éloigné de nos mœurs, m'eût couvert d'un ridicule complet : mais il n'est point d'esprit léger, vain, superficiel, curieux, impie, dissolu, que je n'aie enrôlé pour le faire combattre sous mes enseignes. Toujours entouré de ses charlatans Philosophes, *Julien* négligea tous ses devoirs essentiels & les grandes affaires de l'Etat, pour ne s'appliquer qu'à des études également frivoles & dangereuses. Toute mon application n'a eu pour objet que des ouvrages, non-seulement vains & dangereux, mais intrinséquement vicieux, essentiellement mauvais, souverainement contagieux. Ennemi juré du Christianisme, qu'il avoit résolu d'abolir, *Julien* imagina tous les moyens de le miner sourdement, en attendant qu'il pût l'attaquer de toutes ses forces, & l'éteindre dans son sang, comme il se flattoit de le faire au retour de l'ex-

pédition où il périt d'une façon digne
de lui, & dans laquelle ſes Magiciens
lui avoient prédit qu'il triompheroit glo-
rieuſement des Perſes. Quelqu'achar-
nement qu'on ſuppoſe à *Julien* contre
le Chriſtianiſme, quelque deſir qu'il ait
eu de l'exterminer, & quels que puiſſent être les expédiens qu'il a mis en
œuvre pour y réuſſir, il eſt certain, &
je le dis en gémiſſant, il eſt certain que
je l'ai ſurpaſſé de beaucoup dans tous
ces points.

Enchériſſant d'abord ſur la feinte
modération de mon Héros & de mon
modele, j'ai voulu perſuader finement
aux Chrétiens, même les plus zélés pour
la Religion, que ſon eſprit étant un
eſprit de paix, de douceur, d'union,
de charité, c'eſt s'en écarter viſible-
ment, que de ne pas traiter tous les
hommes comme ſes freres, de quelque opinion religieuſe qu'ils puiſſent
être; qu'une telle façon d'agir eſt vraiment pieuſe & chrétienne; que le Chriſtianiſme n'a rien à craindre des Philo-
ſophes, ni de leurs ſentimens philoſophiques, puiſqu'ils réverent ſes myſte-
res, quoique contraires à leurs démonſ-
trations; & qu'il eſt néceſſaire par con-
ſéquent de les laiſſer parler & écrire

tranquillement, eux, les sages bienfai-
teurs du genre-humain, qui ne sont
occupés qu'à l'instruire, à l'éclairer, à
le faire revenir de ses préjugés, à le
guérir de la foiblesse & de l'imbécille
crédulité de la superstition, pour l'élever jusqu'à la sublime région de la raison, ce présent des Dieux, ce flambeau
céleste, ce rayon resplendissant, cette
portion de la Divinité, dont les lumieres sont toujours pures, les oracles in-
faillibles, les droits sacrés, inviolables,
imprescriptibles.

Après avoir tenté de m'insinuer ainsi
doucement dans les esprits pour mieux
les surprendre, j'ai crié à pleine tête
contre les persécutions & les persécu-
teurs, l'intolérance & les intolérans,
sans laisser passer aucune occasion de
prêcher l'indifférence de Religion, &
de déclamer contre celle qui condamne
& réprouve toutes les autres. Non, il
n'est point de biais que je n'aie pris,
point de tours d'adresse, point de ru-
ses & de finesses, point de couleurs sé-
duisantes ou de peintures affreuses &
de noirs artifices que je n'aie employés,
point de traits hardis ou de tons tran-
chans dont je n'aie fait usage, de violences persécutrices que je n'aie exer-

D 4

cées, de blasphêmes, d'impiétés, d'obscénités, d'abominations, d'horreurs
monstrueuses, de railleries sanglantes,
de satyres cruelles, de calomnies atroces, qu'on ne vît couler de mes levres
& de ma plume, pour renverser le
Christianisme jusques dans ses fondemens, si je l'eusse pu, & que le succès
eût secondé ma rage, ma frénésie, ma
fureur.

Mais c'en est assez & plus qu'il n'en
faut, pour justifier le parallele : j'aban-
donne un récit trop pénible à conti-
nuer, pour me livrer tout entier aux
sentimens de la plus juste douleur, &
m'y dévouer le reste de mes jours. Hélas ! ne fût-elle qu'à son crépuscule, ma
vie ne sera jamais assez longue pour
pleurer & expier tous mes attentats contre les vérités les plus saintes, & les
affreux ravages qu'ils ont causés. Quels
autres fruits pouvois-je donc me pro-
mettre de tant d'entreprises atroces,
de traits hardis & insensés, qui me font
rougir, en jettant le trouble & la confusion dans mon ame ? La seule chose
qui me rassure, c'est l'amer regret que
j'en ressens, & le desir bien sincere que
j'ai de les réparer à quelque prix que
ce soit. O qu'il me seroit doux de mou-

rir à l'instant au milieu des plus cruels
& des plus honteux supplices, pour
faire hommage aux vérités précieuses
que j'ai si follement combattues! Je mar-
chois tristement, en roulant les plus
cruelles pensées dans mon esprit, lorsque je me vis abordé par une Ombre
d'une figure extraordinaire; c'étoit le
Magicien *Maxime*, le Maître de *Julien*
dans l'art de la sorcellerie. Ce fut en
vain que je daignai à peine lui parler,
en traitant de mensonge & d'imposture
tout son savoir-faire : il me prouva qu'en
niant toute œuvre au dessus du pouvoir de l'homme & des loix physiques
de la nature, je niois conséquemment
les oracles & les miracles du Christianisme. J'en conviens, en avouant mon
erreur, & en reconnoissant qu'il y a
dans la Religion des œuvres d'un esprit supérieur, soit bon, soit mauvais,
à toutes les forces de la nature.

Le Juif *Tryphon*, auquel on me con-
duisoit quand je rencontrai *Maxime*,
me témoigna sa surprise de mon achar-
nement contre sa Nation, déja si mal-
heureuse, & dont les malheurs auroient
dû exciter ma compassion, au-lieu
d'exalter ma bile. Il me fit voir que
c'étoit contre la vérité de l'Histoire,

que j'avois comparé *Moïse* à *Bacchus*;
que j'avois appellé le premier un *Chef
de Bergers, Conducteur d'une Horde chaf-
sée d'Egypte*; que j'avois tourné en dérision ses œuvres & ses miracles. Il me
parla ensuite de ses Juifs Portugais qui
m'ont critiqué; me soutint qu'il auroit
fallu m'instruire dans les Langues ori-
ginales, avant que d'attaquer les Livres
saints; me fit sentir que je n'avois qu'une
notion très - superficielle du Grec, &
que cependant je m'étois élevé contre
les divins Ecrits sans les entendre, avec
une audace insupportable; & n'oublia
pas mes mépris outrageans pour les
Juifs, la témérité sacrilege avec laquelle
j'avois traité la Législation mosaïque
d'absurdité & de barbarie; l'ignorance
& la haine qui m'ont porté à mécon-
noître la sagesse profonde de toutes les
Loix religieuses, morales, civiles &
guerrieres des Hébreux; à railler les
Prophetes, & à soutenir que les prophéties sont impossibles; à n'attaquer
enfin la Loi ancienne, que pour sapper le Christianisme par ses fondemens.

J'en conviens de bonne foi, & il
n'y a point de répugnances que je ne
fasse céder à la force de la vérité qui

me contraint de reconnoître que j'ai
été vaincu par une poignée de Juifs obfcurs, que j'ai toujours regardés comme les plus viles & les plus ignobles
des hommes. Oui, vaincu par eux,
puifqu'ils m'ont démontré mes mépri-
fes, mes bévues, mon ignorance, mes
abfurdités, mes contradictions, ma mau-
vaife foi, mes calomnies, & tant d'autres fautes dans lefquelles je fuis tombé,
quand j'ai voulu parler d'eux & de leurs
Légiflateurs, de leurs Juges, de leurs
Rois, de leurs Propheres, de leurs Oracles, de leurs Loix, de leur Gouvernement, des actions & de la conduite
de leurs grands Hommes, de leurs Rites, de leurs Cérémonies, de leurs Livres facrés, de leurs Sacrifices, &c. En
parlant de toutes ces chofes, j'ai encore plus que par-tout ailleurs, groffi,
exagéré, altéré, infulté, outragé, men-
ti, dénigré, calomnié, mais de la façon
la plus groffiere, la plus indécente, la
plus effrénée, la plus furieufe; moi
qui avois un fi grand intérêt de ménager les autres, ayant donné tant de fujets qu'on s'élevât de toute part & fans
aucun ménagement contre ma perfon-
ne & contre toutes mes productions,
fans en excepter une feule, puifqu'il

n'en eſt aucune exempte de blâme, & qui ne peche par quelqu'endroit. C'eſt l'aveu ſincere que j'en fais dans toute l'amertume d'une ame contrite, humiliée, triſtement abattue ſous le poids de ſa juſte douleur.

Maupertuis, devant la porte duquel il me fallut paſſer en allant viſiter *Celſe*, vint à ma rencontre, pour me rappeller nos anciennes querelles, & me donner tous les torts avec raiſon, ce qui ne ſervit pas peu à enfoncer les traits perçants que m'avoit porté le Juif *Triphon*, & qui ſert aujourd'hui à augmenter ma honte en multipliant mes ſoupirs. Hélas! à quoi penſois-je de violer toutes les Loix de l'équité, de l'amitié, de la reconnoiſſance, du patriotiſme, de la politique même la plus ordinaire, pour m'attirer la diſgrace d'un Roi mon bienfaiteur; l'obliger de faire brûler par la main du bourreau, dans toutes les places de ſa Capitale, trois de mes libelles atroces; & après avoir recouvré ſes bonnes graces, le forcer, malgré lui, de me chaſſer de ſes Etats, & de me faire empriſonner à Francfort, pour me punir de mes nouvelles Satyres, & ſur-tout de celle intitulée, *la Vie privée du Roi de Pruſſe*, piece d'une hardiesse singuliere & d'une ingratitude unique?

J'attaquai le Christianisme naissant, avec toute l'amertume du faux zele, me dit *Celse*, Philosophe Païen ; & vous m'avez surpassé en efforts dans la même lice : on pourroit vous appeller à juste titre, le *Celse moderne*. Vous niez les faits les plus certains, quand ils prouvent la Religion ; & pour l'insulter, vous en cherchez dont vous sentez bien vous-même l'imposture & l'absurdité. Vous nommez *Charlatan* quiconque prétend que la Divinité a révélé autre chose que ce que nous savons tous par la raison. Vous avez comme moi traité les Chrétiens avec une hauteur insensée, & le plus injuste des mépris, en assimilant leurs Mysteres à ceux du Paganisme, & tâchant, à quelque prix que ce fût, d'y trouver de l'absurdité & de la contradiction. Comme moi aussi, & par les mêmes motifs, vous avez jugé la morale chrétienne, sévere, outrée, impossible ; vous avez plus fait encore, en professant le célibat philosophique, vous vous êtes indécemment emporté contre celui des Vierges des deux sexes du Christianisme, en traitant d'opprobre ce qui forme une des preuves les plus éclatantes de sa gloire & de ses triomphes sur les plus douces pentes de la nature & des sens. Comme moi enfin, vous avez tâché d'abattre tous les appuis du Christianisme, les prophéties, & en général tout le corps des saintes Ecritures, les miracles, les Martyrs; vous m'avez répété en tout : *Origene*, mon réfutateur, vous a donc répondu d'avance; il nous a vous & moi terrassés, confondus pour toujours. Allez : malheur à vous, si vous ne profitez de votre défaite, en rendant les armes à la Religion, contre laquelle vous les avez si témérairement tournées tant de fois!

Je vous les rends, ô Religion sainte! en tombant à vos pieds; je vous les rends ces armes impies, que j'ai eu la sacrilege audace d'enfoncer si souvent, quoique toujours à ma honte, dans votre auguste sein. Eh! comment aurois-je pu entamer & flétrir le cœur d'une Religion émanée de Dieu même, aussi ancienne & plus durable que le monde, fondée sur les oracles des Prophetes, le témoignage des miracles, le sang des Martyrs, la simplicité des dogmes, la pureté de son culte, l'excellence de sa morale, la rapidité de ses progrès, l'univerſalité de ſes conquêtes, la force invincible & ſur-humaine qui l'a fait triompher des efforts réunis de l'idolâtrie, du ſchiſme, de l'héréſie, de la ſuperſtition, du fanatiſme, du philoſophiſme, du libertinage, de tout ce que les paſſions déchaînées ont pu mettre en œuvre pour la perdre ?

En vous abandonnant, ô Religion divine ! vous que j'avois eu le bonheur ineſtimable de connoître dès ma plus tendre enfance, j'ai donc quitté le flambeau céleſte de la vérité pure, pour ſuivre un phoſphore trompeur, celui de mon imagination folle & perfide, de ma ſuperbe raiſon, de mes paſſions fougueuſes ; & en vous combattant, je me ſuis cruellement percé moi-même de tous les traits que j'ai voulu lancer contre vous dans mon délire frénétique. Ne rejettez pas, j'oſe vous en conjurer, l'hommage d'un cœur contrit ; oubliez les attentats d'un imbécille forcené, mais repentant, qui atteſte, humblement proſterné à vos pieds, que les ſacrileges efforts qu'il a faits pour vous détruire, n'ont ſervi qu'à donner un nouvel éclat aux traits de permanence & d'indeſtructibilité qui vous caractériſent, & qui décelent la main divine dont vous êtes l'immortel ouvrage. *Celse* ayant disparu, je poursuivis ma route, si rêveur & si absorbé en moi-même, qu'après avoir long-temps marché sans m'en appercevoir, je me trouvai près de l'affreuse demeure du trop fameux impie *Spinosa*, qui de Juif Portugais, se fit Chrétien, ensuite Philosophe, & enfin Athée. " C'est la fausse „ philosophie, me dit-il, qui m'a pré„ cipité dans cet abyme. Je reconnois „ mon égarement, & j'en frémis. Ne „ voulant suivre que ma raison, je re„ jettai le Déisme ; & en cela je fus „ plus conséquent que vous. Vous n'ad„ mettez point de Mysteres, parce que „ votre raison les juge impossibles : Je „ n'admis point l'être de Dieu, parce „ que ma raison me dit qu'il étoit con„ tradictoire. Ainsi, en suivant toujours „ ce principe d'erreur, je cherchai mon „ système de Divinité dans la nature, & „ soutins qu'il n'y avoit point d'autre „ Dieu, que l'ensemble même de cette „ nature & de tous les êtres qui la com„ posent, parce que leurs propriétés „ différentes sauvoient à mes yeux les „ contradictions d'un Dieu unique, „ dont tous les attributs étoient oppo„ sés. Croyez-vous que votre système

,, soit bien différent du mien ? J'ai sou-
,, vent employé le nom de Dieu, quoi-
,, que ce mot, dans mon systême, fût
,, chimérique. Il ne l'est guere moins
,, dans le vôtre. Car enfin, ôter à Dieu
,, ses perfections essentielles, est-ce là
,, le reconnoître ? Tel est cependant le
,, *Dieu philosophique*, un Dieu sans at-
,, tributs, & qui n'a ni sagesse, ni injusti-
,, ce, ni bonté, ni liberté, ni providen-
,, ce; un Dieu de nom tout seul par con-
,, séquent. Nous avions pour principe
,, commun l'*éternité de la matiere*. Moi,
,, j'ai conclu de là que ce *Tout éternel*
,, étoit Dieu. Vous, en admettant ce
,, Tout, vous avez cependant reconnu
,, un Dieu séparé de la matiere. Qui de
,, vous ou de moi a mieux raisonné ?
,, Si Dieu n'a pas créé les êtres, il n'est
,, pas Dieu, & les êtres en sont indé-
,, pendans dans leur essence. Ainsi, en
,, admettant l'existence de Dieu, & en
,, niant ses attributs, vous renversez son
,, essence; & en le reconnoissant de nom,
,, vous le détruisez de fait comme moi.
,, Point de réponse. Allez, & dites que
,, *Spinosa* lui-même vous a condamné.
,, Je le dis à la face de l'Univers, je fais
plus encore : ah! je me condamne moi-
même & toutes mes monstrueuses erreurs, & tous mes Ecrits obscenes, abo-

minables, blasphématoires, impies, &
tous ceux qu'on a calqués sur les miens,
& qu'on a mis sous mon nom ; puisque
je ne suis pas seulement coupable des
productions qui sont sorties de ma plume & des maux sans nombre qu'elles
ont enfantés ; mais de toutes celles qui
ont vû le jour à l'exemple des miennes, & qui ont causé tant de ravages.
L'horrible spectacle, grand Dieu! que
cette chaîne immense de crimes qui
m'attache au char de votre justice, en
sollicitant ses foudres contre moi! J'en
tremble d'effroi, & j'en serois déses-
péré, si l'excès de vos miséricordes &
l'amertume de ma componction ne
m'inspiroient la confiance. J'ose donc
l'espérer, ô mon Dieu! vous ne mépri-
serez pas un pécheur pénitent, humilié,
contrit, qui abjure ses erreurs, qui dé-
teste sincérement tous ses crimes, &
qui voudroit pouvoir étendre la triste
chaîne de ses cuisans regrets aussi loin
que celle de ses immenses égaremens ;
un pécheur qui ne paroît abattu &
tremblant aux pieds de votre Trône
redoutable, que sous les traits ignomi-
nieux d'un criminel de leze-majesté
divine, qui a mille & mille fois pro-
voqué votre juste courroux ; un pécheur

qui brife fous vos yeux la plume exé-
crable & facrilege, qui, toujours conduite par la rage, la volupté, & l'impiété, n'a pas craint de vous noircir &
de vous déchirer, vous & votre Religion divine, en verfant l'opprobre fur
la Sainteté même ; un pécheur envi-
ronné des Ombres de la mort, qui entre glacé de crainte dans l'effrayante
carriere qui s'ouvre devant lui, & qui
éprouve dans toute fon étendue tout
ce que l'anxiété a de plus cruel ; un pécheur qui s'agite fur les bords du tombeau, & fur le point qu'il eft d'exha-
ler fon dernier foupir ; qui éleve fes ré-
gards mourans vers tous ceux qu'il a
féduits, pour les inviter à fe reconnoître, comme il fe reconnoît lui-même ; un pécheur enfin, qui friffonne,
qui s'agite, qui gémit, qui pleure,
qui brûle d'arrofer de fes larmes tous
les lieux témoins de fes écarts, afin
que par-tout où l'on a fçu qu'il a erré
& fait errer les autres, on y fçache auffi
qu'il a pleuré, en y voyant des monumens éternels de fa douleur & de fa
pénitence.

Ergo erravimus & errare fecimus.

FIN.